마이너리티 클럽

십대를 위한 고전의 재해석 앤솔로지 **1**

마이너리티 클럽

초판 1쇄 발행 2021년 1월 10일
초판 2쇄 발행 2023년 10월 20일

지은이 정명섭, 김효찬, 남유하, 전건우
그린이 김효찬

기획편집 도은주, 류정화
마케팅 박관홍

펴낸이 윤주용
펴낸곳 초록비책공방

출판등록 제2013-000130
주소 서울시 마포구 월드컵북로 402 KGIT 센터 921A호
전화 0505-566-5522 팩스 02-6008-1777

메일 greenrainbooks@naver.com
인스타 @greenrainbooks @greenrain_1318
블로그 http://blog.naver.com/greenrainbooks
페이스북 http://www.facebook.com/greenrainbook

ISBN 979-11-91266-01-6 (43810)

어려운 것은 쉽게 쉬운 것은 깊게 깊은 것은 유쾌하게

초록비책공방은 여러분의 소중한 의견을 기다리고 있습니다.
원고 투고, 오탈자 제보, 제휴 제안은 greenrainbooks@naver.com으로 보내주세요.

마이너리티 클럽

정명섭, 김효찬, 남유하, 전건우 지음 | 김효찬 그림

고전과 현대를 생각하다

《심청전》, 《흥부전》 같은 고전소설은 왕조와 권력가 위주로 전해져 내려오는 기존의 역사와는 달리 민중의 삶과 애환을 담고 있습니다. 그래서 수많은 버전과 판소리를 통해 다양하게 변주되면서 전해지고 있습니다. 오늘날에도 우리 주변에는 흥부와 심청을 어렵지 않게 찾을 수 있기 때문입니다. 이렇게 고전소설은 신화나 설화와는 다른 결을 유지하면서도 인간의 삶을 돌아보게 만드는 역할을 합니다. 그래서 우리는 교과서를 비롯해 다양한 경로로 고전소설을 만날 수 있습니다.

하지만 시대가 흐르고 인식이 달라지면서 고전소설 속에 나타나는 정의나 보편타당한 개념이라고 생각했던 부분을 다시금 생각해봅니다. 남녀 차별이나 인권 의식의 성장은 고전소설 속의 여러 부분을 재해석하게 만듭니다. 그런 부분을 어떻게 받아들여야 할지는 각자의 몫이지만 그 변화에 대해 생각해보는 것은 반드시 필요합니다. 고전소설 속의 시대상과 현대와의 간극은 인간이 그만큼 변화하고 발전해왔다는 것을 의미하기 때문

입니다.

〈고전의 재해석〉 시리즈는 단순히 고전소설에 현대라는 옷을 입히는 것이 아닙니다. 시대적 변화를 확인하고 해석함으로써 고전소설 속의 삶과 지금 우리가 살고 있는 삶이 가지고 있는 본질적인 차이점이 무엇인지 비교해보는 것입니다. 그런 과정을 통해 인간이 얼마나 나아갈 수 있는지 혹은 쇠락할 수 있는지를 느껴볼 수 있습니다. 또한 단순히 시대상의 흐름을 구분해보는 것이 아닌 인식의 차이와 전환이 인간의 삶을 어떻게 변화시켜왔는지를 생각해보고 이야기해볼 수 있는 무대이기도 합니다.

이런 차이점과 유사점을 살펴보고 분석함으로써 정의라는 가치가 시대마다 얼마나 다르게 해석될 수 있는지 파악하는 것이 〈고전의 재해석〉 시리즈의 진정한 목적이자 가치라고 할 수 있습니다.

차 례

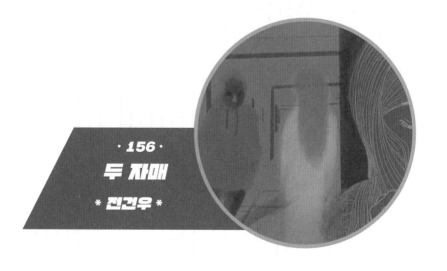

내 이름은 길동이

* 정명섭 *

원작 《홍길동전》에 대하여

《홍길동전》은 조선 최고의 이단아라고 일컬어지는 허균이 쓴 것으로 추정되는 한글소설입니다.

주인공 홍길동은 어려서부터 똑똑했지만 어머니가 미천한 신분이었기 때문에 양반의 아들이면서도 온갖 설움을 겪습니다. 그러다 아버지를 아버지라고 부르지 못하는 자신의 신세를 한탄하면서 집을 떠나 여러 모험을 겪습니다. 모험을 하다가 만난 도적들을 이끌고 의적인 활빈당을 만들어서 탐관오리들을 처벌하면서 명성을 떨칩니다.

홍길동이 이렇게 전국을 다니면서 활약을 하자 조정에서는 그를 붙잡으려고 합니다. 하지만 도술까지 익힌 홍길동은 번번이 체포의 손길을 벗어납니다. 결국 조정에서는 홍길동의 아버지와 형을 인질로 잡고 항복을 요구합니다. 비록 자신을 천대했지만 아버지와 형을 처벌받게 할 수 없었기 때문에 홍길동은 항복합니다. 하지만 그것 역시 홍길동의 도술로 빠져나가면서 임금을 농락합니다.

결국 홍길동을 붙잡는 것이 불가능하다고 생각한 임금은 그에게 관직을 주는 것으로 회유를 합니다. 홍길동은 임금이 내린 벼슬을 받고, 부하들을 이끌고 바다로 나가 율도국이라는 나라를 세워 임금이 됩니다.

당시에는 일상적이었던 적서의 차별에 반발하고, 비록 얼자이긴 하지만 양반의 자식이 도적 떼를 이끈다는 내용은 상당히 파격적입니다. 그리고 마지막에 바다로 나가 새로운 나라를 세웠다는 것은 왕권에 대한 정면도전이나 다름없었습니다. 그래서 《홍길동전》은 조선시대 내내 불온하다는 취급을 받았고 저자로 추정되는 허균 역시 비참한 최후를 맞이합니다.

"야! 길동아! 어디 가냐?"

귀를 막고 싶을 정도로 듣기 싫은 소리였지만 쩌렁쩌렁하게 소리 지르는 탓에 안 들으려야 안 들을 수가 없었다. 또래보다 키가 크고 까무잡잡한 얼굴의 길동이 짜증 나는 표정으로 고개를 돌리자 목소리의 주인공인 홍순대가 보였다. 순대는 길동과 달리 작은 키에 뚱뚱하고 푸짐한 몸매 그리고 볼이 빨간 얼굴에 안경을 쓰고 있어서 길동이만큼은 아니지만 눈에 띄는 편이었다.

"떡볶이 먹으러 간다, 왜?"

"야! 친구 순대를 놔두고 뭔 떡볶이야!"

"순대든 떡볶이든 내 마음이지."

"어쭈! 지금 메뉴를 고르겠다, 이거야? 사딸라짜리 어때?"

중학교 2학년인 순대는 자기가 태어나기도 전에 방영했던 드라마나 영화 속 유행어와 아재개그를 곧잘 했다. 그래서 친구들이 '애늙은이'라고 놀리지만 개의치 않았다. 길동의 어깨에 팔을 두른 순대가 말했다.

"중요한 정보가 있는데 말이야."

"지난번처럼 놀리는 거면 재미없어."

"놀리긴, 친구끼리 그럴 리가 있겠어? 지난번은 스테이크 아니 미스테이크였어."

넉살 좋은 녀석의 말에 길동은 화도 내지 못하고 피식 웃고 말았다.

결국 배도 채울 겸 얘기나 하려고 분식집에 들어왔다. 점심과 저녁 사이의 어중간한 시간이라서 그런지 빈 테이블이 많았다. 구석 자리에 앉자 김밥을 말던 주인아주머니가 고개를 돌렸다. 순대가 냉큼 대답했다.

"라볶이 하나, 순대 하나 주세요."

"그놈의 순대는 지겹지도 않냐?"

"소울푸드 앞에서 좀 경건해져 봐라. 지겹다는 말은 쏙 들어갈 거니까."

"너나 실컷 먹어라."

"그럼 네 소울푸드는 반미 샌드위치냐? 짜식, 완전 반미주의자네."

"반미는 베트남이고, 난 필리핀이라고 몇 번이나 말했냐!"

시답잖은 농담을 날린 순대에게 짜증이 나던 찰나 주방 밖으로 나온 아주머니가 길동을 뚫어지게 쳐다봤다. 그걸 본 순대가 슬쩍 말했다.

"동포인가 보네. 아는 척 좀 해."

"나 필리핀 말 모른다니까."

"야! 뿌리를 잊으면 안 되지."

"뿌리 같은 소리 말라고."

길동이 버럭 소리를 지르자 길동을 쳐다보던 아주머니가 그들 쪽으로 몸을 돌렸다. 그러자 순대가 냉큼 말했다.

"아주머니! 얘도 필리핀에서 왔어요."

길동은 반색하는 아주머니를 향해 손사래를 쳤다.

"어릴 때 와서 하나도 기억 안 나요."

그러자 아주머니는 굳은 표정으로 뭐라고 말을 하고는 주방으로 들어갔다. 그걸 본 순대가 물었다.

"뭐래냐?"

"모른다고!"

"사실 넌 필리핀의 왕자이고 사라진 보물 어쩌고 하는 거 아니었을까?"

"너 진짜, 코피노한테 코피 나게 맞아볼래?"

"그런 수준 떨어지는 아재개그 하면 마상 입는다. 너 마상이 뭔 줄 알아?"

"마음의 상처, 그 정도는 알지."

재수 없게 콕콕 쏴대기는 하지만 그나마 말이라도 나누는 유일한 친구이기 때문에 붙어 다닐 수밖에 없었다. 다행히 먹을 때는 얌전하게 굴었다.

"꺼~~억~."

배가 부른지 길게 트림을 하고는 순대가 말했다.

"새로 오픈한 PC방 갈래? 적립금 엄청 준대."

"집에 가서 공부해야 해."

"뻥치시네. 내가 쏠 테니까 가자. 두 시간 하면 라면도 공짜래."

"알았어."

사실 집에 가도 딱히 공부할 생각은 없었던 길동은 순대를 따라갔다.

새로 오픈한 PC방은 큰길에 접한 신축건물 3층에 있었다. 엘리베이터를 타고 내리자 한 층 전체를 쓰는 넓은 공간이 보였다. 순대가 요금을 계산하는 사이 길동은 PC방을 돌아봤다. 여기저기에서 두드려대는 키보드 소리와 마우스 클릭하는 소리 사이로 간간히 욕설도 들렸다. 카드를 챙긴 순대가 어깨를 쳤다.

"25번이랑 26번."

번호가 적힌 의자에 앉은 길동이 순대를 바라봤다.

"무슨 게임 할 거야?"

"네 아빠 찾기 게임."

"장난해?"

울컥한 길동이 주먹을 불끈 쥐자 순대가 냉큼 말했다.

"아빠 찾고 싶지 않아?"

"단서라도 가지고 얘기하는 거야?"

"앉아봐. 우리 학교 최고의 명탐정이 찾은 단서를 보여주지."

포털 사이트에 접속한 순대가 이메일로 PPT 같은 걸 내려받았다. 그러면서 슬쩍 물었다.

"너 진짜 아빠가 누군지 몰라?"

자신이 코피노라는 것도 나중에야 알았던 길동은 고개를 저었다.

"기억 안 나."

"몇 살 때 한국에 왔는데?"

"세 살 때 왔다고 엄마가 그랬어."

"아빠가 누군지는 말한 적 없어?"

순대의 물음에 길동이 고개를 저었다.

"몇 번 물어봤는데 비밀이라고 했어."

"무슨 비밀?"

"한국에 와서 매달 양육비를 받는 조건으로 절대 누구인지 말하지 말라고 그랬대."

"양육비 협상 조건이었구나."

"아무튼 그래서 나한테도 절대 말해주지 않아. 나중에 어른이 되면 알려주겠다고만 해."

길동의 얘기를 들은 순대가 혀를 찼다.

"하필 이름도 길동이잖아. 그나마 성이 안씨이긴 하지만 말이야."

아빠가 누군지 모르는 코피노에다가 이름이 길동이라서 학교에서는 선생님부터 아이들까지 모르는 사람이 없는 유명인이 되었다. 만날 때마다 아빠를 찾았는지부터 호부호형을 허한다는 어처구니없는 농담까지 들었다. 그중에서도 하이라이트는《홍길동전》을 배운 국어 수업시간이었다. 수업 내내 아이들이 길동을 쳐다본 것이다. 심지어 선생님까지도 말이다. 학교 일진을 자처하는 성렬은 "아예 아빠가 누군지도 모른다는 거지?"라며 아직까지도 놀리곤 한다. 그때마다 아빠가 누군지 찾고 싶은 생각이 굴뚝같았지만 엄마는 입에 자물쇠를 채웠는지 말해줄 생각조차 없는 듯했다. 그렇게 잠깐 딴생각을 하고 있던 길동의 귀에 순대의 목소리가 들렸다.

"그래서 내가 네 아버지를 찾아주는 프로젝트를 하겠다 이거야. 이름하여 '율도국 프로젝트'지. 짜잔!"

"네가 왜?"

"내 꿈이 뭐라고 했지?"

"부자, 아니 추리소설가."

"나중에 이걸로 추리소설을 쓸 거라서 미리미리 조사를 해야지. 제목도 정했어."

"뭔데?"

"길동의 아버지는 누구인가?"

"내 이름 쓰지 말라고!"

길동이 버럭 소리를 지르자 앞에서 게임을 하던 여드름투성이 중학생이 헤드셋을 벗고 살짝 째려봤다. 슬쩍 고개를 숙여서 위기를 벗어난 길동이 순대를 째려봤다.

"하여튼 도움이 안 돼요."

"너도 아버지 찾는 게 소원이라며."

"내가 언제?"

"지난번에 예진이한테 그랬잖아."

길동은 얄밉게 또박또박 대답하는 순대를 보면서 생긴 건 멍청하게 생겼는데 기억력 하나는 끝내준다며 속으로 생각했다. 그런 길동의 속마음을 아는지 모르는지 순대는 길동에게 자신이 만든 화면을 보여줬다. 가끔 기분 나쁜 농담을 하거나 놀리기는 해도 순대처럼 가깝게 대해주는 친구도 없었다. 순대 역시 이름 때문에 적잖게 놀림을 당하는 처지라서 길동의 마음을 누구보다 잘 알고 있다.

"몇 가지 단서를 정리해봤어. 일단 '길동'이라는 이름을 지어준 걸 봐서는 별로 관심이 없었다는 점이야."

"코피노들이 다 그렇지 뭐. 그나마 나랑 엄마는 운이 좋은 편이라고 그랬어."

엄마는 자세하게 얘기하지 않았지만 한국 남자들과 필리핀 여자들 사이에서 태어난 코피노들의 운명은 비참했다. 아버지가 훌쩍 본국으로 돌아가 버리거나 종적을 감춰 버리면 어머니와 함께 힘들게 지내야 했기 때문이다. 길동이처럼 한국에 와서 양육비를 받으며 자리를 잡는 경우는 극히 드물었다. 그렇긴 해도 길동은 늘 궁금하고 그리웠다. 아빠가 대체 누구인지 그리고 왜 자기를 보러 오지 않는지 말이다.

"두 번째는 양육비는 지급하는데 보러 오지 않거나 자기 신분을 감추는 걸 보면 유부남일 수 있어."

길동은 한숨을 쉬면서 대답했다.

"그렇겠지."

"아마 그거 때문에 양육비 지급이 쉬웠을 수도 있어. 어쨌든."

"그래서 아빠를 못 찾는 거잖아."

"그렇지. 그래서 이 프로젝트가 벽에 부딪힌 거잖아. 하지만 한 가지 단서가 더 있어. 이게 결정적일 거 같은데⋯⋯ 네 아빠, 이 동네에 사는 것 같지 않아?"

생각지도 못한 얘기에 길동이 반문했다.

"뭐라고?"

"네가 지난번에 그랬잖아. 너희 어머니가 양육비를 직접 받으러 갔다 온다고 말이야."

"어어…… 응."

"그럼 이 동네라는 얘기잖아. 그리고 한국에 왔을 때부터 여기 쭉 살았다며."

"맞아."

"그러니까 이 동네에 정착한 건 아버지가 근처에 있는 거라고 봐야지. 안 그래?"

"그렇긴 한데 그래도 이 동네 사람이 한둘이 아니잖아."

길동의 푸념에 순대의 눈이 반짝거렸다.

"그러니까 범위를 좁혀야지. 내가 몇 명을 찾아놨지."

"어떻게?"

"우리 엄마가 또 이 동네 마당발이잖아. 필리핀에 자주 드나들었거나 어학연수 갔다 온 사람을 찾아봤지."

"그건 네가 추리한 게 아니잖아. 말끝마다 탐정이라더니 엄마 찬스 쓴 거야?"

"그것도 능력이거든."

시시덕거리는 순대를 보면서 길동은 처음으로 웃었다. 학교에는 피부가 검고, 동남아 혼혈이라고 놀리거나 따돌리는 친구들밖에 없다. 그래도 순대는 도와주려고 노력하는 편이다. 물론 그게 탐정을 꿈꾸는 자신의 미래를 위해 경험을 쌓는 일이라고 해도 그다지 밉지 않았다. 길동이 생각에 잠긴 사이 순대가 PPT 화면을 넘겼다. 흐릿한 화면과 함께 노란색 부동산 간판이 보였다.

"이거 아파트 상가에 있는 부동산 아니야?"

"맞아. 여기 사장님이 필리핀을 엄청 자주 다닌다고 엄마가 그랬어."

"필리핀 자주 다닌다고 우리 아빠가 되는 건 아니잖아."

길동이 심드렁하게 대꾸하자 순대가 바로 화면을 넘겼다.

"물론이지. 그래서 용의자, 아니 후보자를 몇 명 더 찾았어."

그다음 화면에 나온 것은 처음 보는 카페였다. 하얀색 간판에 커피잔이 그려진 간판은 처음 보는 것이라서 길동은 고개를 갸웃거렸다.

"여긴 어디야?"

"아파트 후문 쪽 카페야. 여기 주인이 필리핀에 유학 갔었다고 하더라고."

"그걸 어떻게 아는데?"

"여기 건물주가 엄마랑 친구야. 카페 주인장 엄마가 건물주한테 아들 얘기하면서 필리핀에 몇 년 동안 유학 갔다 왔다고 한 걸 들었어. 대략 10년 전에."

"얼추 시기는 맞네."

길동이 흥미를 보이자 순대가 씩 웃었다.

"짜식, 이제 나에 대한 믿음이 좀 생기냐?"

"또 없어?"

"있지."

세 번째 화면에서는 엉뚱하게도 교회 십자가가 보였다. 길동이 사는 집으로 들어가는 골목 어귀에 있는 교회였다.

"이건 또 뭐야?"

"여기 목사님이 필리핀 유학파래. 지금도 전도한다고 종종 가나 봐."

신이 난 순대의 말에 길동은 화면 속 십자가를 물끄러미 바라봤다.

"우리 집에도 십자가 있어."

"진짜?"

"교회는 안 나가시는데 십자가를 걸어둬서 물어보니까 어릴 때 생각나서 걸어둔 거라고 하셨어."

"그리고 한 명 더 있어."

순대가 마지막으로 보여준 화면에는 전철역 근처 휴대폰 매장이 나왔다.

"여긴 왜?"

그의 물음에 순대가 화면을 바라보며 대답했다.

"여기 사장님이 예전에 필리핀에서 PC방 사업을 했었나 봐. 지금은 접고 들어와서 휴대폰 매장을 연 거고."

"여기 가본 적 있어."

"언제?"

"방학 전에. 엄마가 여기 들러서 휴대폰 새로 사줬어."

길동은 대답하면서 망연자실했다. 대머리에 배불뚝이인 건 참을 수 있었지만 연신 꺼억거리면서 트림을 하거나 나이가 어리다고 툭툭 반말을 던지는 건 견딜 수 없었다. 그래서 다른 곳으로 가자고 했지만 엄마는 연신 고개를 굽실거리면서 결국 휴대폰을 샀다.

길동의 눈치를 슬쩍 살핀 순대가 말했다.

"이 네 명 중 한 명일 수도 있어."

"그러네."

내내 고민하고 또 고민하는 문제였지만 막상 이렇게 당사자일지 모르는 사람들을 좁혀놓자 길동의 마음은 더없이 복잡해졌다. 그런 길동의 눈치를 보면서 순대가 물었다.

"근데 왜 아빠를 찾으려고 하는 거야?"

"없으니까."

그 말에 순대는 아무 대답도 하지 못하고 눈만 껌뻑거렸다.

"없어서 찾고 싶어. 홍길동도 아버지를 아버지라고 부르지 못한다고 빡쳐서 가출하고 엇나간 거잖아."

"그런 내용이었나?"

길동은 고개를 갸우뚱거리는 순대에게 쏘아붙였다.

"가출 소년 홍길동이라고 국어쌤이 그랬던 거 기억 안 나?"

"누가 국어쌤 수업에 집중한다고 그래? 내가 가르쳐도 그것보다는 잘 가르치겠다.”

심드렁하게 대꾸한 순대가 PPT를 닫으면서 말했다.

“야! 이제 게임이나 하자. 롤 할까?”

“배그 할래.”

“잔인한 녀석.”

혀를 찬 순대가 마우스를 잡았다. 배그에 접속하려던 길동은 문득 생각이 나서 ‘배드파더스’ 사이트에 들어갔다. 양육비를 지급하지 않은 아빠들의 얼굴과 이름을 폭로하는 곳인데 그중에는 코피노들을 버리고 간 아빠들의 얼굴과 이름도 있었다. 나이와 직업, 모두 제각각인 아빠들의 얼굴을 보면서 길동은 저도 모르게 한숨을 쉬었다. 그러자 롤에 접속해서 챔피언을 고르던 순대가 힐끔 보고는 고개를 절레절레 흔들었다.

“거긴 네 아빠 없어.”

“알아. 양육비를 꼬박꼬박 내잖아.”

“아빠가 그러는데 낳았다고 다 부모가 아니라고 하더라.”

“애초부터 가족을 이룰 마음이 없었으니까 귀찮은 걸림돌 정도로 생각했을 거야.”

“제법 냉정한데.”

“너도 임마, 아빠가 없어봐라.”

“씨발, 가출 청소년 되겠네.”

순대의 비아냥거림에 길동은 코웃음을 쳤다. 한때 가출을 해버릴까 생각해본 적이 있었다. 하지만 가출 경험이 있는 필리핀 혼혈 선배의 말에 가출할 생각을 깨끗하게 포기해버렸다. 가출해봤자 거기서도 차별받았다는 말이 길동에게는 참으로 가슴 아프게 다가왔다.

"그럼 난 소환사의 협곡으로 들어간다. 있다가 살아서 보자."

길동은 접속했던 배그에서 나와서 배드파더스 사이트를 더 들여다봤다. 무표정하거나 웃고 있거나 혹은 장난스러운 표정을 짓고 있는 나쁜 아빠들의 모습을 한 장씩 넘기던 길동이 중얼거렸다.

"어디 계세요? 아빠."

PC방에서 서비스로 주는 라면으로 끼니를 때우고 나온 길동은 뒤따라 나온 순대에게 물었다.

"아까 보여준 사람 중에 아빠를 어떻게 찾게?"

길동의 질문에 순대는 어깨를 으쓱했다.

"직접 만나는 수밖에는 없잖아."

"지금까지 정체를 숨겼는데 내가 앞에 나타났다고 자기 입으로 애비라고 하겠냐?"

답답한 길동이 순대에게 말했다.

"그게 아니라 다른 핑계를 대서 만난 다음에 물어보는 거지."

"순순히 얘기해줄까?"

"추리소설이나 영화 보면 많이 나오잖아. 엉뚱한 질문을 하고 거기에서 단서를 찾는 거지."

"인제 보니까 너 완전 추리소설 마니아구나."

환하게 웃는 순대에게 길동이 쏘아붙였다.

"내일부터 해볼까? 근데 무슨 핑계로 찾아가지?"

"학교 핑계 대는 건 어때? 무슨 직업 조사한다고 가면 이상하게 생각하지 않을 거야."

"이제 보니 천재네, 천재."

길동은 감탄하는 순대에게 투덜거렸다.

"도와준다고 해놓고 그 정도도 생각 못한 거야?"

"이 정도도 많이 생각한 거야. 그럼 내일 보자."

순대가 손을 흔들며 횡단보도를 건너가는 걸 지켜보던 길동은 집으로 향했다.

반지하의 집은 싸늘했다. 엄마는 오전에 건물 청소를 하고 오후에는 순댓국 집에서 일을 했다. 그렇게 일하는 엄마는 항상 밤 늦게 집에 오기 때문에 저녁식사 준비는 길동의 몫이었다. 가방을 의자에 내던지고 길동은 부엌에 가서 어제 먹은 그릇들을 씻었다. 그리고 쓰레받기와 빗자루를 들고 거실과 방들을 깨끗하게 쓸었다.

한때는 반항도 하고 말썽을 부린 적도 있었지만 요즘은 착하게 굴기로 했다. 그래야 아빠를 만나게 해준다는 엄마의 말 때문이었다. 그것 말고도 아빠도 없는데 엄마까지 아프면 진짜 큰일 난다는 위기감 때문이었다. 아랫집에 살던 할머니가 해준 이야기였는데 그걸 듣는 순간 머리가 띵했다. 엄마까지 사라져버린다면 지금보다 더 비참한 삶이 기다리고 있을지도 모른다는 생각이 든 것이다. 그래서 그때부터 집 안 청소며 재활용품 정리를 하기 시작했다. 아무것도 모르는 엄마는 철이 들었다고 좋아했다.

이런저런 생각을 하면서 안방을 치웠다. 안방 화장대에는 십자가와 함께 엄마의 젊은 시절 사진들이 있었다. 아빠와 함께 찍은 것 같은 사진도 있었지만 얄밉게도 얼굴을 오려놔서 누군지 알아볼 수 없었다. 거기다 점퍼까지 입고 있어서 체구도 짐작이 가지 않았다. 다만 155센티미터쯤 되는 엄마보다 머리 하나 더 큰 걸로 봐서는 170센티미터 이상인 것은 확실했다.

"키가 더 자라지는 않았겠지."

초등학교에 입학했을 무렵에는 아빠가 누구인지 알려주지 않는 엄마 때문에 바닥에 데굴데굴 구르면서 운 적이 있었다. 입학식 때 대부분 아이가 엄마 아빠 손을 잡고 온 것을 보고 충격을 받았기 때문이다. 거기다 가정환경 조사를 할 때면 마치 죄인이

된 것 같은 기분이 들었다. 어릴 때 한국으로 와서 필리핀 말도 할 줄 모르고 기억도 없는데 마치 필리핀에서 어제 온 것처럼 보는 선생님과 배려해준답시고 불쌍한 듯 바라보는 아이들의 시선이 너무 견디기 어려웠다. 그래서 아빠를 만나서 내가 한국 사람이고, 부모가 모두 있다는 걸 증명하고 싶었다. 하지만 엄마는 완강하게 입을 다물었고, 한국에 와서 양육비를 받는 조건으로 아빠의 정체를 감추기로 했다는 것을 나중에야 알게 되었다. 왜 그러느냐는 길동의 물음에는 엄마는 그저 때가 되면 알 거라고만 얘기했다. 말이 없고 조용조용하지만 한번 고집을 부리면 누구도 엄마를 감당할 수 없다는 걸 잘 알고 있는 길동은 할 수 있는 게 아무것도 없었다. 그래서 순대가 아빠를 찾아주겠다고 나섰을 때 짜증도 났지만 내심 기뻤다.

"잘하면 아빠를 만날 수도 있으니까."

십자가와 그 옆에 얼굴이 잘려 나간 아빠 사진을 보고 있는데 현관 비밀번호를 누르는 소리가 들렸다. 얼른 일어난 길동은 거실로 나왔다. 장을 보고 왔는지 한 손에 비닐봉지를 든 엄마가 지친 표정으로 들어왔다.

"왔어?"

거실과 붙어있는 부엌의 식탁에 비닐봉지를 올려놓은 엄마가 대답했다.

"응, 저녁은?"

"순대랑 먹고 들어왔어."

"그래도 집에서 밥 먹어야지."

"괜찮으니까 얼른 씻고 자."

냉큼 대답하고 방으로 돌아가려는 길동에게 엄마가 물었다.

"오늘 기분이 좋아 보이네."

"그, 그냥."

내일부터 아빠를 찾으러 간다는 것 때문이라고 차마 말하지
못한 길동은 서둘러 방문을 닫았다.

다음 날, 수업이 끝나자마자 길동은 가방을 챙겨 들고 교문으
로 향했다. 여름방학이 코앞이라 다들 방학 때 어딜 놀러 갈지 얘
기를 주고받았지만 길동에게는 오직 한 가지 생각밖에 없었다.
빨리 가기 위해 축구공이 날아다니는 운동장을 가로질러 교문에
다다르자 순대가 휴대폰을 손에 쥔 채 어슬렁거리는 게 보였다.

"순대야!"

길동이 손을 흔들면서 소리치자 순대가 돌아서서 씩 웃었다.

"날아오는 줄 알았다. 아빠 찾으러 가는 게 그렇게 좋아?"

"학교 벗어나는 게 신나서 그렇다, 왜?"

"눈이 겁나 초롱초롱한데 어디다 대고 거짓말이야."

순대와 티격태격하면서 교문을 등지고 큰길로 걸어가던 길동이 물었다.

"어디부터 가는 게 좋을까?"

"여기서 가장 가까운 데는 카페야. 아파트 후문 쪽으로 가서 교회 있는 골목길로 들어가면 되거든."

"그다음은?"

"한 블록 떨어진 곳에 교회가 있고, 거기서는 부동산이 가까워. 휴대폰 매장은 전철역 앞이라 어디서든 멀고."

"카페 먼저 가자."

길동과 순대는 앞서거니 뒤서거니 하면서 길을 걸었다. 카페는 아파트 후문 근처의 상가 1층에 있었는데 골목길 입구에 배너가 세워져 있어서 금방 찾을 수 있었다. 간판에 적힌 로스팅이라는 이름 옆에는 커피잔이 어색하게 붙어있었다. 그걸 본 순대가 코를 킁킁거렸다.

"센스 구리네."

통유리 안쪽으로 보이는 카페는 작고 아담했다. 맞은편에 커피를 만드는 작은 주방이 있었고 통로 좌우로 테이블이 한 줄씩 배치된 형태였다. 커피 냄새가 코를 찌르는 와중에 길동이 순대의 옆구리를 팔꿈치로 쳤다.

"들어가자."

"뭐라고 핑계를 댈 건데?"

"직업 관련 인터뷰."

"뭐라고?"

순대의 반문에 길동은 들어가자는 눈짓을 하며 유리문을 밀었다. 문에 매달려있던 작은 종이 흔들려 딸랑거리는 소리가 나자 커피를 만들고 있던 여자 아르바이트생이 고개를 들었다.

"어서 오세요."

사장이 있을 거라고 생각했는데 아르바이트생밖에 보이지 않자 둘은 당황했다. 그런 모습을 본 아르바이트생이 말했다.

"주문은 여기에서 해주세요."

어정쩡한 표정으로 걸어간 둘은 서로의 눈치만 봤다. 그러다가 길동이 물었다.

"여기 사장님 안 계세요?"

"사장님? 잠깐 외출하셨어. 만나러 왔니?"

"여쭤볼 게 있어서요."

길동이 조심스럽게 대답하자 아르바이트생이 고개를 갸웃거렸다.

"언제 올지 모르겠네."

"알겠습니다. 저희 과일주스 두 잔 주세요."

계산을 하고 창가에 앉은 길동은 먼저 자리를 잡은 순대를 째려봤다.

"같이 와놓고 입을 다물면 어떡해?"

"솔직히 겁이 좀 났어."

"널 믿은 내가 바보지."

툴툴거리면서 애기를 주고받는데 문이 열리고 비닐봉지를 든 안경 쓴 남자가 카페로 들어왔다. 아르바이트생과 같은 앞치마를 두르고 있어서 대번에 카페 사장이라는 걸 알 수 있었다. 믹서기에 주스를 갈던 아르바이트생이 뭐라고 말하자 사장이 이쪽을 돌아봤다. 비닐봉지를 옆 테이블에 올려놓은 사장이 앞치마를 벗으면서 다가왔다.

"날 찾아왔다며?"

순대가 바짝 얼어붙어 있는 걸 본 길동이 재빨리 말했다.

"학교에서 숙제로 인터뷰를 하는 게 있어서요."

"무슨 인터뷰?"

"직업에 대한 인터뷰요. 그래서 온 거예요."

길동은 조마조마한 표정으로 사장을 바라봤다. 큰 키에 짧은 머리를 한 카페 사장은 은색 테두리로 된 안경을 쓱 끌어 올렸다. 그러고는 빈자리에 앉았다.

"뭐가 궁금한데?"

길동은 후다닥 가방에서 노트와 볼펜을 꺼냈다.

"그러니까 어떻게 여기 카페를 차렸는지와 바리스타라는 직업이 궁금합니다."

"원래 커피에 관심이 많았어. 그래서 대학교 다닐 때 프랜차이즈 카페에서 아르바이트를 했지. 그러다가 군대 갔다 오고 제대한 다음에 필리핀으로 갔어."

"필리핀이요?"

사장의 말을 듣고 있던 순대의 눈이 동그래지자 카페 사장이 얼굴을 찡그렸다.

"그때는 경기도 안 좋고 베트남이 막 뜰 때라서 친구들이랑 같이 사업하러 갔지. 몇 년 동안 돈만 까먹고 돌아왔어. 그리고 다시 커피를 배워서 이 카페를 차린 거지."

"아! 그래서 카페가 약간 동남아스러운 느낌이 들었네요."

긴장이 풀렸는지 눈치 없이 마구 끼어드는 순대를 슬쩍 째려보고는 길동이 물었다.

"그럼 필리핀에서 커피 관련 업종에 종사하셨나요?"

"아니, 거기선 유학 관련 사업을 했어. 필리핀도 영어를 쓰니까 저렴한 가격에 영어를 배울 수 있거든."

"아! 그러다가 귀국하셨군요."

"아버지 퇴직금 다 말아먹고 빈손으로 돌아왔지. 그리고 몇 달 동안 게임만 하고 방황하다가 어느 날 자주 가던 PC방이 커피 학원으로 바뀌는 바람에 어영부영 배웠어. 어차피 커피에도 관심이 있었고 말이야."

카페 사장의 이야기는 아르바이트생이 주스를 가지고 오면서 잠시 끊겼다. 사장이 시켰는지 작은 머핀 두 개도 쟁반에 담겨 있었다. 고맙다는 말과 동시에 순대는 냉큼 머핀을 집어 들었다.

"그럼 이 카페는 언제 오픈하셨나요?"

"2년쯤 됐나? 학원 졸업하고 여기저기 일자리를 알아봤는데 나이도 있고 해서 카페를 직접 해보기로 했지."

그 후로 바리스타란 직업에 대해서 이것저것 물어보다가 슬쩍 필리핀 얘기로 넘어갔다. 다행히 카페 사장은 별다른 의심 없이 대답을 해줬다.

"언제부터 언제까지 있었냐고? 그러니까 10년 전에 갔다가 5년 전에 왔어."

"그럼 5년 정도 있었던 거네요?"

"중간에 잠깐 사업 접고 들어온 적이 있으니까 실제로 산 건 4년 조금 넘을 거야."

"어떠셨어요?"

말이 없던 순대가 뜬금없이 묻자 카페 사장은 잠시 주저하다가 벽에 진열된 목각인형들을 바라봤다.

"저것밖에 안 남았어. 별로 기억하고 싶진 않고."

몇 가지 쓸데없는 질문을 더 하고 일어선 길동이 인사를 하자 카페 사장은 또 오라면서 손을 흔들어줬다. 밖으로 나온 순대가 물었다.

"아닌 거 맞지?"

"응, 내가 열두 살이니까 안 맞아."

"후보자 중 제일 나아 보였는데 아쉽네."

"왜 네가 아쉬워하냐?"

"네가 저 사람 아들 되면 난 매일 가서 주스 얻어 마실 수 있잖아."

"꿈도 야무지네."

순대 머리에 장난스럽게 꿀밤을 먹인 길동이 후다닥 뛰어갔다. 뒤에서 순대가 소리쳤다.

"야! 교회로 가려면 이쪽이야!"

사진으로만 봤던 교회는 생각보다 작았다. 3층짜리 상가 2층에 있는 교회 유리창으로 어린 양을 품은 인자한 예수님의 미소가 보였다. 그 앞에 서서 올려다본 순대가 말했다.

"저 양, 꼭 너 같다."

"왜?"

"보살핌이 필요하잖아."

길동이 발끈하며 쳐다보자 순대가 잽싸게 건물 계단으로 올라갔다. 따라 올라간 길동은 순대가 교회 이름이 적힌 문을 열고 들어가는 걸 봤다. 뒤따라 들어가자 십자가가 있는 강단과 교회 의자들이 나란히 놓여있는 공간이 나왔다. 하지만 사람은 아무도 없었다. 가운데 서서 주변을 돌아본 순대가 중얼거렸다.

"애매한 시간인가?"

길동은 설교하는 강단 뒤쪽 벽에 붙은 액자를 발견하고 그쪽으로 다가갔다. 나무 십자가 옆에 있는 액자는 졸업장 같았다. 까치발을 하고 졸업장을 살펴보던 길동이 고개를 저으며 돌아섰다.

"아니야?"

"세부섬에 있는 기독교 관련 대학교를 졸업한 걸로 나와 있어."

"그런데?"

"엄마는 마닐라에 계셨어. 고향은 앙헬레스라는 곳이고. 그러니까 만날 일이 없었던 거지."

"같은 필리핀이잖아. 세부섬에 있다가 마닐라로 갔을 수도 있잖아."

"엄마 말로는 겁나게 멀어서 잘 오지 않는데. 거기다 세부섬에는 놀게 많아서 굳이 마닐라까지 오지 않아도 된다고 했고."

길동의 얘기를 들은 순대가 아쉬운 표정을 지었다.

"목사 아들도 나쁘지 않았는데."

"아까는 카페 사장 아들이 좋았다며."

"거기보다는 못하지만."

얘기를 주고받는데 문이 열리며 누군가 들어왔다. 바짝 마르고 호리호리한 몸매에 사각턱을 한 남자가 미심쩍은 눈으로 길동과 순대를 바라봤다. 교회의 목사님이었다.

"누구니?"

쭈뼛거리고 있는데 순대가 버벅거리며 대답했다.

"지, 지나가다가 들어와 봤어요."

"교회를?"

옆에서 듣던 길동이 미심쩍어하는 목사에게 재빨리 대답했다.

"학교 숙제로 근처 종교 시설들을 알아보는 중이었어요."

길동이 가방에서 수첩과 볼펜을 꺼내며 물었다.

"여긴 언제부터 생겼어요?"

"재작년. 작은 개척 교회로 시작했다가 지금은 좀 넓혔어."

표정이 좀 풀어진 목사의 눈치를 살핀 길동은 몇 가지 질문을 던지고는 밖으로 나오는 데 성공했다. 계단을 내려온 길동은 돌아서서 교회를 올려다봤다. 옆에 선 순대가 입을 열었다.

"이제 남은 건 부동산이랑 휴대폰 매장이네. 둘 다……."

순대는 길동의 눈치를 살피며 말을 잇지 못했다. 부동산과 휴대폰 매장 주인들은 길동이 상상하던 아빠의 모습과는 거리가 굉장히 멀었지만 어쩔 수 없는 일이기도 했다. 길동이 아무 말도 못 하자 순대가 쭈뼛거리며 물었다.

"어디부터 갈까?"

"부동산 갔다가 휴대폰 매장 가자."

"그게 좋겠지?"

교회에서 부동산까지는 제법 걸어야 했다. 아무 말 없이 걷던 길동에게 순대가 조심스럽게 물었다.

"아빠 찾으면 뭐라고 말할 거야?"

"왜 엄마를 버렸는지 그리고 왜 나를 만나러 오지 않았는지 물어볼 거야."

"너무 센데. 사정이 있었겠지."

"남의 일이라고 그렇게 쉽게 얘기하지 마. 나한테는 진지한 문제야."

"너만 한부모가정도 아니잖아."

"그래도 다들 아빠나 엄마가 누구고 어디 있는지 정도는 알잖아. 나는 그냥 외톨이야, 하늘에서 뚝 떨어진 외톨이. 넌 그게 무슨 뜻인지 모르지?"

그렇게 얘기하며 길동은 순대를 쳐다봤다. 그러자 순대가 두 팔을 흔들면서 노래를 불렀다.

"외톨이야~ 외톨이야~ 따리디리다라두!"

어설프게 춤까지 추면서 팔짝거리는 순대의 모습에 길동은 피식 웃고 말았다.

"진짜 아재개그 미치겠다."

"미리미리 어른이 되는 것도 나쁘지 않잖아."

두 팔을 벌려 날아가는 시늉을 하며 던지는 순대의 말에 길동이 고개를 끄덕거렸다.

"그것도 나쁘지 않지."

이런저런 농담을 하면서 도착한 부동산 중개사무소는 문이 닫혀있었다. 시세 현황표가 다닥다닥 붙은 유리벽 가운데 종이쪽지가 눈에 띄었다. 그 종이쪽지에는 급한 일로 하루 쉰다는 내용이 빨간색 사인펜으로 적혀있었다. 그걸 본 순대가 코를 킁킁거렸다.

"가는 날이 장날이네. 아니, 오는 날이 장날이었나?"

몇 번 본 부동산 중개사무소 사장의 모습을 떠올린 길동은 차라리 다행이라고 생각했다.

"휴대폰 매장으로 가보자. 여긴 다음에 오고."

발길을 돌린 길동에게 순대가 쓱 다가왔다.

"좀 안심하는 것 같다?"

속내를 들킨 길동이 굳은 표정으로 대꾸했다.

"내가 뭘?"

"솔직히 네 명 중에서 제일 아니었으면 했잖아."

"아니야, 아니라니까."

"어제 PC방에서도 보였거든."

순대는 메롱 하고 혀를 내밀더니 후다닥 도망쳤다. 틀린 말이 아니라 길동은 딱히 반박을 못한 채 터벅터벅 걸어갔다.

내 이름은 길동이

차들이 쌩쌩 지나가는 큰길을 따라 한참 걷다 보니 고가도로가 나왔다. 고가도로 바로 옆이 지하철역이라서 거리에는 옷가게부터 음식점들이 많았다. 근처에 시장까지 있어서 차와 사람들로 북적거렸다. 문제의 휴대폰 매장은 고가도로 옆 상가 1층에 있었다. 앞에는 풍선으로 아치를 만들어놨고, 붉은색 유니폼을 입은 직원들이 부채를 들고 지나가는 사람들에게 호객 행위를 하고 있었다. 매장 앞 스피커에서는 에드 시런의 노래가 흘러나오고 있었다. 생각보다 사람이 많아서 길동과 순대는 밖에서 머뭇거렸다.

　"사람 졸라 많은데."

　순대의 목소리가 떨렸다.

　"그러게."

　차마 용기를 내지 못하고 쭈뼛거리는 순대를 보곤 길동은 직원들 사이를 지나 안으로 들어갔다.

　"같이 가!"

　닫히려는 유리문 사이로 순대가 허겁지겁 따라 들어왔다.

　시원한 에어컨 바람에 살짝 쌀쌀하기까지 했다. 최신 휴대폰 사진이 붙어있는 벽은 풍선과 색종이로 알록달록하게 장식이 되어있었다. 벽을 따라 놓인 자리에는 휴대폰을 사려는 사람들과 팔려는 종업원들의 열띤 상담이 벌어지고 있었다.

아무도 길동과 순대에게 눈길을 주지 않았다. 어정쩡하게 서 있던 두 사람에게 부채를 든 여자 직원이 말을 걸었다.

"부모님은?"

잠시 주저하던 길동이 용기를 내서 말했다.

"저희끼리 왔어요. 사장님 만나고 싶은데요?"

"사장님은 왜?"

"인, 인터뷰하려요. 학교 숙제예요."

"그래? 잠깐만 기다려봐."

여자 직원이 고개를 갸웃거리며 건너편 자리에서 통화하고 있는 남자에게 갔다. 순대는 두툼한 뱃살에 툭 튀어나온 턱을 가진 남자를 힐끔 보더니 길동에게 속삭였다.

"저 사람인가 봐."

휴대폰 가게 사장을 한 번 본 적이 있던 길동이 고개를 끄덕거렸다.

"맞아."

"근데 저 머리 가발 같지 않아?"

생각지도 못한 물음에 길동이 얼굴을 찡그렸다. 지난번에는 머리카락이 듬성듬성 빠져있었는데 지금은 아주 풍성해 보였다.

"설마."

"아냐, 우리 아빠랑 같은 회사 제품 쓰나 봐. 그 회사는 어떤 가발이든 가르마가 8대2거든."

그러면서 손으로 자기 머리의 가르마를 드러냈다. 그걸 보고 웃음이 터진 길동이 고개를 저었다.

"그러지 마."

"야! 아빠 후보라고 벌써 편드는 거야?"

그렇게 둘이 옥신각신하는 사이 아까 말을 건넸던 여자 직원이 다가왔다. 의자에 앉은 채 어디론가 통화 중인 사장을 눈으로 가리켰다.

"저쪽으로 가봐."

"고맙습니다."

냉큼 달려온 길동을 본 사장이 눈으로 빈 의자를 가리켰다. 그리고 반쯤 돌아서 마저 통화를 했다.

"어, 김 사장. 있다가 저녁때 전화할게. 기자들이 인터뷰를 하러 와서 말이야."

껄껄거리며 통화를 끝낸 사장은 길동과 순대를 쳐다보았다.

"인터뷰를 하러 왔다고?"

"네, 학교에서 다양한 직업을 소개하는 보고서를 써오라고 했거든요."

"요즘은 그런 게 숙제야? 우리 때는 잠자리랑 무당벌레 같은 거 잡는 곤충채집이 숙제였는데."

사장은 그 이야기를 시작으로 한 반에 60명이 넘었던 국민학교 시절 이야기를 꺼냈다. 난로와 도시락에 바람 빠진 축구공 얘기까지. 중간중간 오는 카톡과 문자에 일일이 답하는 바람에 끼어들 틈이 없었다. 기다리다 지친 길동과 순대가 하품을 할 무렵 사장은 휴대폰에서 손을 떼고 겸연쩍게 말했다.

"미안, 사업이 바빠서 말이야. 뭐가 궁금하니?"

사장의 질문에 길동이 냉큼 물었다.

"우선, 휴대폰 매장을 어떻게 시작하셨는지가 궁금해요."

"아! 회사 다니다 퇴직하고 필리핀으로 사업하러 갔었거든."

"어떤 사업이요?"

"PC방. 처음에는 재미를 좀 봤는데 나중에는 좀 잘된다고 하니 한국 사람들이 우르르 몰려와서 경쟁이 치열해졌지 뭐야. 그래서 몇 년 더 하다가 접고 돌아왔지. 마침 필리핀에서 같이 동업했던 사람이 이쪽 일을 해서 나도 발을 디뎠고 말이야."

길동은 그 후에 휴대폰 판매업의 전망이라든지, 직원 채용 조건 같은 것들을 물어보다가 필리핀 이야기로 방향을 틀었다.

"필리핀에는 언제부터 언제까지 계셨어요?"

"15년 정도? 돌아온 지는 7년 정도 됐고."

"마닐라에서 사업하셨나요?"

"산타 메사 쪽에 처음 오픈했고, 나중에는 케손시티로 갔었지."

"어땠나요?"

"재미는 있었는데 두 번 가라고 하면 못 갈 거 같아. 종업원들은 툭하면 안 나오지. 별의별 놈들이 와서 손을 벌리지를 않나. 지긋지긋했어."

험악한 말이 나오자 길동은 기가 팍 죽고 말았다. 그 모습을 본 순대가 나섰다.

"그래도 좋은 점도 있지 않았나요?"

잠시 생각하던 사장이 씩 웃었다.

"여자들은 좋았어. 말도 잘 듣고 순종적이었지."

그다음에 단서가 될 만한 말이 나올까 신경을 곤두세우고 있던 길동은 갑자기 뒤에서 들리는 익숙한 목소리에 깜짝 놀랐다.

"너 여기서 뭐 해?"

놀란 길동이 벌떡 일어났다.

"엄마!"

"여기서 뭐 하냐니까?"

"하, 학교 숙제 중이에요."

"거짓말하지 마. 카페 사장님한테 이상한 거 물었다면서?"

화난 엄마의 모습을 보자 순대는 비겁하게도 인사를 하고는 재빨리 빠져나갔다. 계속 길동을 째려보던 엄마가 어리둥절해하는 휴대폰 가게 사장에게 고개를 숙였다.

"죄송합니다, 사장님."

"뭐, 뭔지는 모르겠지만 나는 괜찮으니까 아들 너무 혼내지 말아요."

사람 좋은 웃음을 짓고 있는 사장에게 연신 죄송하다는 말을 한 엄마는 길동의 목덜미를 잡고 밖으로 끌고 나왔다. 저 멀리 도망치는 순대의 뒷모습을 본 길동이 짜증을 냈다.

"배신자!"

"똑바로 말해. 뭐 하고 있었던 거야?"

짜증도 나고 지친 길동은 목소리를 높였다.

"엄마가 숨겨둔 아빠 찾고 있었어."

"내가 숨기긴 뭘 숨겨!"

"누구냐고 물어봐도 대답도 안 하고, 알려주지도 않았잖아."

"크면 알려준다고 했어? 안 했어?"

"그때까지 기다리기 싫어! 싫다고!"

길동이 길거리에서 큰소리를 내자 엄마가 당황한 표정으로 주변을 둘러봤다.

"내가 길에서 소리 지르지 말랬지!"

"그럼 어떡하라고? 나만 아빠가 누군지 모르잖아!"

"길동아!"

그동안의 설움에 길동은 그 자리에 주저앉아서 펑펑 울었다.

"아빠 보고 싶다고! 나한테도 아빠가 있어야지! 왜 나한테만 없는 거야!"

"나한테도 남편이 없어!"

엄마의 외침에 길동은 울음을 멈췄다. 고개를 숙인 엄마가 홀

쩍거리며 울자 길동이 엉덩이를 털고 일어났다.

"엄마, 미안해."

길동이 사과하자 엄마가 고개를 들었다.

"집에 가자."

"근데 어떻게 찾았어?"

"아까 카페 갔는데 거기 사장님이 네가 찾아왔다고 하더라."

"날 알아본 거야?"

"아니, 아까 애들이 와서 숙제한다고 인터뷰하는데 필리핀 얘기만 계속 물어봐서 이상하다고 하는 거야. 그래서 네 사진을 보여줬더니 맞다고 했어."

"그럼 휴대폰 가게 간 줄은 어떻게 알았어?"

"네 휴대폰에 위치추적 어플 있어."

"뭐라고?"

놀란 길동의 물음에 엄마가 겸연쩍은 표정을 지었다.

"미안, 혹시 몰라서 말이야."

엄마와 이런저런 얘기를 나누면서 집으로 돌아왔다. 신발을 벗고 거실의 불을 켠 엄마가 길동의 머리를 쓰다듬어줬다. 엄마 품에 안긴 길동이 속삭였다.

"진짜 미안해, 엄마."

"괜찮아, 씻고 저녁 먹자."

다음 날, 학교에 가자 순대가 쪼르르 달려왔다.

"괜찮아?"

"죽도록 맞았다, 왜?"

"죽지 않아서 다행이네."

"친구가 그렇게 잡혔는데 튀어? 배신자 같으니."

길동의 말에 순대가 풀이 죽은 목소리로 대답했다.

"미안."

"괜찮아. 그래도 너밖에 없었어."

"정말?"

"시간을 내서 아빠를 찾도록 도와준 친구는 너밖에 없잖아."

칭찬을 받자 우쭐해진 순대가 있다가 순대를 쏘겠다는 아재 개그를 날렸다. 오랜만에 실컷 웃은 길동에게 순대가 물었다.

"왜 그렇게 기분이 좋아?"

"토요일에 엄마가 아빠 만나러 가자고 했거든."

"진짜? 토요일이면 내일이잖아."

"응, 만나고 와서 얘기해줄게."

"꼭이다!"

토요일 아침, 눈을 뜬 길동은 전날 미리 준비해둔 옷을 입었다. 외출복 차림의 엄마가 안방에서 나오는 걸 본 길동은 냉큼 현관으로 달려가 신발을 가지런히 해놓았다. 그걸 본 엄마가 길동의 어깨에 손을 올리고는 신발을 신었다. 밖으로 나서자 따가운 여름 햇살이 내리쬤다. 엄마와 함께 마을버스를 타고 지하철역으로 향했다. 그리고 서울 외곽으로 나가는 전철을 갈아탔다. 엄마가 노선을 확인하는 걸 본 길동이 물었다.

　"아빠가 멀리 사나 봐."

　"좀 떨어진 곳에 있어."

　짧게 대답한 엄마가 자리로 돌아오자 길동이 엄마 어깨에 기댔다. 엄마는 길동의 머리를 쓰다듬었다. 한 시간 넘게 전철을 타고 도착한 곳은 덕소였다. 역 밖으로 나온 엄마는 기다리고 있는 택시를 탔다. 그리고 택시기사에게 종이쪽지를 건넸다. 가볍게 고개를 끄덕거린 택시기사가 차에 시동을 걸었다. 창가에 바짝 기대앉은 길동은 바깥을 바라봤다. 녹색 지붕의 성당과 높다란 빌딩 사이의 도로를 따라 10분쯤 달렸을까? 택시는 강가의 공원에 멈춰 섰다. 강물의 푸른 물결 너머에 하얀 아파트가 마치 기둥처럼 서 있었다. 하지만 택시가 내려준 곳 주변에는 아파트나 집들이 없었다. 이리저리 둘러보던 길동이 엄마를 바라봤다.

"여긴?"

엄마의 굳은 표정을 본 길동은 차마 여기가 어디냐고, 또 아빠는 어디에 있느냐고 묻지 못했다. 공원 안으로 들어가는 좁은 오솔길은 높이 치솟은 나무 때문에 굉장히 어두웠다. 그 어둠을 지나자 녹색 건물이 보였다. 그곳을 향해 걸어가는 엄마 뒤를 따라가던 길동은 건물 현관 위에 적힌 글씨를 봤다.

다사랑 납골당

길동의 다리가 후들거렸다. 당황하는 길동을 돌아보며 엄마가 말했다.

"아빠 보러 가자."

겨우 기운을 낸 길동은 엄마 뒤를 따라갔다. 엄마는 안내 데스크에 카드를 보여주고는 방문자 확인증을 두 개 받았다. 그중 하나를 길동의 목에 걸어주고 엄마는 하얀 백합이 천정에 그려진 긴 복도를 따라 걸어갔다. 복도 끝 유리문에 들어서자 숫자가 적힌 벽이 나왔다. 길동은 목에 건 카드에 적힌 숫자를 읽었다.

"1062?"

엄마는 여러 번 와본 듯 구불구불한 복도를 한 번도 멈추지 않고 걸어갔다. 그리고 1062번 앞에 섰다. 층층이 만들어진 납골당 앞에는 벤치가 있었다. 엄마는 뒤따라온 길동에게 말했다.

"아빠한테 인사해."

1062번 납골당 안에는 한문이 빼곡하고 적힌 작은 항아리가 보였다. 그리고 그 옆 액자 안에 있는 낡은 사진 하나가 길동의 눈에 들어왔다. 기저귀 차림의 길동을 안고 있는 엄마와 그 옆에서 환하게 웃고 있는 남자.

"이 사람이 아빠야?"

"응."

짧게 대답한 엄마가 핸드백에서 손수건을 꺼내 눈을 가렸다.

길동은 납골당 앞에 서서 아빠를 바라봤다. 환하게 웃는 아빠의 얼굴은 거울로 본 길동의 얼굴과 많이 비슷했다. 그 옆에는 엄마가 늘 끼고 있는 결혼반지와 똑같은 반지가 보였다. 물끄러미 사진을 보던 길동이 벤치에 걸터앉자 눈이 빨개진 엄마가 고개를 들었다.

"네가 두 살 때 사고가 났어. 소식을 듣고 병원에 갔을 때는 이미 늦었지."

"그래서 아빠 없이 엄마랑 나만 한국에 온 거야?"

"아빠는 필리핀을 좋아했지만 널 한국에서 키우고 싶어 하셨어. 그래서 다 준비하고 비행기표 예약하러 갔다가 사고가 난 거지."

"그런데 왜 나한테 아빠가 살아있는 것처럼 말했어?"

"크면 얘기해주려고 했지. 넌 특히 아빠를 좋아했거든."

길동은 엄마의 얘기를 듣고 울컥했다.

"그럼 양육비도 따로 안 받은 거야?"

엄마는 대답 대신 고개를 끄덕거렸다. 그때서야 길동은 엄마가 왜 아침부터 저녁까지 쉬지 않고 일을 해야 했는지 깨달았다.

"미안, 난 그것도 모르고."

"아니야. 진즉에 알려줬어야 했는데 거짓말을 하고 말았네. 미안해."

머리를 쓰다듬어주며 사과하는 엄마에게 길동이 대답했다.

"엄마가 왜 미안해?"

길동이 훌쩍거리며 말하자 엄마가 한숨을 삼켰다.

"아빠 많이 보고 싶었지?"

"궁금했어."

"앞으로 자주 오자. 아빠도 우리가 어떻게 지내고 있는지 궁금해하실 거야."

"응."

길동은 아빠의 사진 앞에 서서 빙긋 웃으며 말했다.

"반가워요, 아빠."

작가의 말

《홍길동전》은 허균이 지은 최초의 한글소설이라고 알려져 있습니다. 그러나 실제로 허균이 지은 것이 아니라는 주장이 제기되고 있으며, 최초의 한글소설이 아니라는 사실 또한 이미 밝혀졌습니다. 그렇다고 해서《홍길동전》이 가지고 있는 문학적, 사회적 가치가 줄어든 것이 아닙니다.

아버지를 아버지라고 부르지 못하는 설움에 담긴 적자와 서자의 차별, 발전이 없고 희망도 찾을 수 없는 국가에 대한 실망, 그렇다면 아예 새로운 나라를 직접 세우겠다는 홍길동의 열망은 당대에는 금기와 불온함의 상징이었습니다.

《홍길동전》을 쓴 허균의 비참한 죽음은 어쩌면 정해진 운명일 수도 있습니다. 하지만 지금은 허균이《홍길동전》을 통해 구현하고자 한 것 대부분이 정당하고 보편타당한 것으로 받아들여지고 있습니다.

지금 우리 사회에서는 혈통과 피부색, 성별과 종교에 따른 차별은 있을 수 없는 일이며 모든 사람이 인간의 기본적인 권리인 '인권'을 보장받고 있습니다. 그렇게 바뀌기까지 수백 년의 시간이 걸렸다는 것을 생각해보면 어쩌면 허균은 시대를 지나치게 앞서 태어난 인물이 아니었을까 하는 생각이 듭니다. 지금 시대에는 특이할 것도 없는 《홍길동전》에 대한 이야기를 다시 꺼낸 이유는 우리 사회에 또 다른 차별이 존재하고 있기 때문입니다.

최근 학교에 강의를 나가면 외국에서 온 아이들이 눈에 많이 띕니다. 부모 중 한 명이 외국인인 아이들입니다. 멀리 갈 것도 없이 제 누나와 결혼한 매형은 미국인이고, 태어난 조카들 역시 혼혈입니다.

그런데 웃기고도 슬픈 사실은 이제 어디에서든 만날 수 있는 혼혈 아이들은 부모의 피부색과 국적에 따라 등급이 나눠진다는 것입니다. 백인이자 미국인 아버지를 둔 조카들을 보고 그 누구도 혼혈이라고 손가락질을 하거나 비웃지 않습니다. 오히려 한국인이라고 앞다퉈서 받아들이고 있지요. 반면, 부모 중 한 명이라도 중국, 러시아, 동남아시아 같은 나라 사람이면 피부색이나 발음 같은 것을 꼬투리 잡아 한국인이 아니라거나 미개한 종족이라는 시선을 보내는 경우가 많습니다. 또 우리와는 다르다는 것이 문제가 될까 봐 우리 사이에 끼워주지 않습니다.

서양 국가가 아닌 다른 나라 사람과의 사이에서 태어난 혼혈 혹은 소위 후진국에서 온 아이들 대부분은 주눅 들어 있거나 눈치를 많이 봅니다. 반면 백인 미국인과의 사이에서 태어난 조카들에게는 한국 아이들이 먼저 친구를 하자고 적극적으로 다가옵니다.

이러한 차별이 생겨난 것은 우리 마음속에 아직도 조선시대의 계급의식이 남아있기 때문입니다. 나보다 못해 보이는 것, 나랑 다른 것은 무조건 차별하고 멀리하면서 자신의 소속감을 확인하고 흡족해하는 마음이 남아있는 거죠. 조선이라는 나라가 멸망한 지 100년 이상 지났지만 '다름'을 받아들이지 못하는 마음은 사라지지 않은 겁니다.

저 역시 낯선 것을 두려워하고 처음 본 것은 선뜻 받아들이지 못합니다. 하지만 낯선 것에 대한 선입견이 차별과 무시로 이어지지 않도록 노력하고 있습니다.

아버지를 아버지라고 부르지 못하는 홍길동은 소설 속에서, 그것도 아주 오래전에 쓰인 소설 속에서나 존재하는 것이 마땅

하다고 믿기 때문입니다. 하지만 우리 곁에는 아직도 수많은 홍길동이 있습니다. 그들에게 닫아놨던 마음의 문을 열어줬으면 하는 바람으로 이번 글을 쓰게 되었습니다. 누군지 알 수 없는 아빠를 찾으면 사람들이 더 이상 나를 차별하고 미워하지 않을 것이라는 주인공의 믿음은 작가의 상상에서 나온 마음이지만 그런 마음은 여전히 존재하기 때문입니다. 그것도 멀리 있지 않고 아주 가까이에 말이죠.

연금술 항아리

* 김효찬 *

원작 《요술 항아리》에 대하여

옛날 옛적에 성실한 농부가 살고 있었습니다. 그는 남의 집 논일과 밭일을 닥치는 대로 했습니다. 그렇게 모은 돈으로 같은 마을에 사는 욕심 많은 부자에게서 작은 밭을 샀습니다. 자기 밭이 생긴 농부는 더 열심히 일을 했습니다.

그러던 어느 날, 평소처럼 열심히 밭을 일구던 농부는 곡괭이 끝에 무언가 걸리는 걸 느꼈습니다. 일을 멈추고 흙을 헤쳐 본 농부는 낡은 항아리 하나를 발견했습니다. 항아리가 아직 쓸 만하다고 생각한 농부는 집에 가자마자 항아리에 곡물을 넣었습니다. 곡물을 넣어두기에 항아리의 쓰임이 딱 맞다고 생각한 거죠.

그 순간 펑~하는 소리와 함께 항아리에서 곡물이 쏟아져 나오는 게 아니겠어요? 항아리에서 쏟아져 나온 곡물의 양은 처음 넣었던 곡물의 딱 두 배였습니다. 농부는 놀란 마음을 다잡고 집 안에 있는 이것저것을 넣어봤습니다. 넣는 족족 항아리는 펑펑 소리를 내며 모든 물건을 두 배로 만들어주었고, 농부는 금세 부자가 되었습니다.

부자가 된 농부에 대한 소문이 빠르게 퍼져서 농부에게 땅을 팔았던 욕심쟁이 부자에게까지 전해졌습니다. 욕심쟁이 부자는 배가 아팠어요. 그래서 항아리를 뺏기 위해 이런저런 궁리를 한 끝에 농부를 찾아갔습니다.

욕심쟁이 부자는 농부에게 다짜고짜 항아리를 내놓으라고 소리쳤습니다. 그의 주장은 자기가 판 것은 밭뿐이지 밭에 파묻혀 있던 항아리는 아니라는 것이었죠. 한참을 옥신각신한 그들은 마을 원님을 찾아 결판을 내기로 했습니다.

두 사람은 원님 앞에 엎드려 서로의 주장을 이야기했습니다. 이야기를 다 들은 원님은 판결보다 요술 항아리에 마음이 갔습니다. 항아리에 욕심이 생긴 원님이 판결을 내렸습니다.

"이웃 간에 관계를 해치는 이 요상한 항아리는 내가 맡아 마을에 불화가 없도록 하겠다."

농부와 욕심쟁이 부자는 풀이 죽어 돌아갔습니다. 반면 신이 난 원님은 종일 업무에 집중할 수 없었습니다.

그날 밤, 원님은 항아리를 끼고 앉아 기뻐했습니다. 한참을 기뻐하던 원님은 누군가 항아리를 훔쳐 갈까 덜컥 겁이 났습니다.

안절부절못하던 원님은 자신만 아는 집 안 깊숙한 곳에 항아리를 숨겨두고 잠자리에 들었습니다.

시끄럽게 다투는 소리에 원님이 잠에서 깬 건 새벽녘이었습니다. 그 소리는 항아리를 숨긴 곳에서 나고 있었고, 놀란 원님은 재빨리 나가보았습니다. 그곳에서는 똑같이 생긴 원님의 아버지들이 서로 싸우고 있었습니다. 캄캄한 밤에 나온 원님의 아버지가 실수로 항아리에 빠져 둘이 되었고, 새로 나온 아버지가 또 빠지고 빠져서 수많은 아버지가 나오게 되었고, 서로 자기가 진짜라며 싸우고 있었습니다. 원님은 자신의 욕심을 후회했지만 되돌리기에는 너무 늦었습니다.

나는 동묘시장 한구석에 쪼그려 앉아 5,000원짜리 점을 보고 있었다. 탁자라고 하기에는 너무 조악한 나무판에 책 몇 권과 볼펜이 놓여있는 게 전부인 노상 점집. 점을 보는 자리 주변에는 노인들의 내기 장기와 술판이 한창이었고, 점쟁이도 어울려 낮술 한잔했는지 벌건 눈으로 쳐다보며 이것저것을 물어봤다.

　"그래, 생년월일이 어떻게 되시나?"

　"2001년 3월 8일이요."

　"뭐야! 학생이야? 어린 사람이 뭐가 답답해서…… 쯧!"

　"양력이야? 태어난 시는?"

　"몰라요."

　술 냄새를 풍기며 질문을 이어가던 늙은 점쟁이는 내가 학생임을 알고 난 후부터 못마땅한 심기를 숨기지 않았다. 점쟁이는 낡은 수첩에 검은색 모나미 볼펜으로 한자를 몇 번인가 획획 흘려 쓰더니 알 수 없는 말들을 늘어놓았다.

　"사주에 금 기운이 부족해. 알아듣겠어? 쇠가 없다고."

　"네…… 네."

　처음 본 점은 신기했다. 무슨 말인지 몰라도 "네." 소리가 절로 나왔고, 점쟁이가 계속해서 쇠가 없다는 소리를 하는 통에 나는 멍하게 쇠로 된 목걸이를 사야겠다는 생각을 하고 있었다.

"이봐! 이봐! 내 말 듣고 있어? 엄마하고 사이좋게 지내라고. 이거 중요해!"

"네…… 네."

"다음에 학생 엄마 사주 들고 와. 특별히 3,000원에 봐줄게."

늙은 점쟁이는 선심 쓰듯 말을 건네곤 본업에 들어가는 사람처럼 장기판 쪽으로 의자를 돌려 앉았다. 나는 돌아앉은 점쟁이의 굽은 등을 보며 '자기 사주는 알아도 못 바꾸나?' 하는 의심을 하다가 문득 엄마와 잘 지내라는 점쟁이 말에 엄마를 떠올렸다.

엄마는 1973년 4월 4일생이다. 자신이 태어나던 날 미국에 '세계무역센터'가 개장했다며 그 건물의 주인인 양 자랑스러워했다. 엄마는 자기애가 강한 사람으로 그 밖에도 자랑거리가 많았는데 예를 들자면, 내게 말하길 엄마는 명문대를 졸업한 재원이라고 했고, 진보적 여성이라고도 했으며, 라흐마니노프의 음악을 자주 들었고, 또…… 담배를 손에서 놓질 않았다. 나는 엄마가 쓰는 단어 중 '재원'과 '진보적'이라는 말을 특히 싫어하는데 촌스럽기도 하지만 이 단어들을 주로 내게 히스테리를 부릴 때 쓰기 때문이다.

친척들 말에 따르면 엄마가 처음부터 히스테리컬했던 것은 아니었다고 한다. 명문대 졸업자의 자부심은 있었으나 상냥하고 합리적인 사람이었고, 무엇보다 아버지에 대한 사랑이 깊었다고 했다. 상냥하면서도 진보적인 명문대 출신에 재원이었던 여성은 자신의 고귀함을 결혼과 함께 사랑하는 남편에게 모두 걸었던 것이다. 이모는 엄마가 지금의 성격으로 변하게 된 계기는 이혼 때문이라고 했다. 나를 낳고 얼마 되지 않아 이혼을 했다는데 이혼 사유에 대해서는 누구도 입에 올리지 않는다. 그나마 나중에 안 사실이지만 이혼한 날이 공교롭게도 2001년 9월 11일이었다. 그날 미국의 자존심이자 상징인 세계무역센터가 무너졌고, 한국에선 진보적 성향에 재원이었던 여성의 모든 게 무너졌던 것이다. 세계무역센터와 같이 신화를 쌓아 올리던, 라흐마니노프의 음악을 좋아하고 담배를 잘 피던 모던한 여인의 꿈은 이렇게 무너졌다.

아니 무너졌어야 했다.

동묘시장 길을 걸었다.

먼지가 뽀얗게 쌓인 물건들이 걸어가듯 내 옆을 스쳐 갔다. 큰 뿔에 패턴이 새겨진 염소의 두개골과 중국에서 만들었을 법한

중동식 주전자가 지나쳤다. 마징가 대가리를 달고 있는 이상한 아톰도 지나쳤다. 몇 번인가 조금씩 이상한 물건들이 더 지나쳤고, 나는 오늘 아침 집을 나서기 전 시간을 걷고 있었다.

"성적이 나왔으면 엄마한테 말을 했어야지!"

"깜빡했어."

"너, 정말! 보여주기 싫었겠지! 이걸 성적이라고 받은 거니."

"……."

"어쩌려고 그래! 응? 응? 중3이 어쩌려고 그러냐고!"

"……."

"너 왜 그러니? 누굴 닮아서 그러냐고? 엄마는 너만 할 때 화장실 갈 시간도 아까워서 변비에 걸리도록 공부했는데……."

성적표를 본 엄마의 잔소리는 30분 남짓 이어졌다. 나는 엄마의 화가 꺼지는 데 그 정도 시간이 필요한 걸 잘 알고 있다. 그 시간 동안 귀를 닫는 방법이나 어느 지점에서 눈을 깔고 또 바라볼지도 잘 알고 있었다. 그것은 일종의 음악 같은 것이어서 박자만 잘 맞추면 비교적 쉬운 일이다. 엄마는 주로 자신의 공부 방법이나 자신의 성적 등을 무용담처럼 이야기하다가 아버지가 얼마나 대단했던 사람인지 이야기하곤 잔소리를 거두었다. 기억에도 없는 아버지의 일까지 듣는 건 불편한 일이지만 진짜 오글거리도록 불편한 일은 엄마의 히스테리가 끝나고 난 다음이다.

"아들, 엄마가 사랑하는 거 알지?"

"……."

"엄마의 희망인 것도…… 알지?"

"……."

아버지에 대한 기대가 세계무역센터와 함께 무너진 후 엄마 삶의 의미는 내게로 옮겨왔다. 이것을 각인시키듯 잔소리가 끝날 즈음 엄마는 사랑스러운 눈빛으로 나를 한참 바라봤는데 그럴 때면 시간은 무겁게 흘렀고 공간은 불편하게 틀어졌다. 나는 엄마의 눈에 특별한 힘이 있어서 이런 비현실적인 불편함이 생긴다고 믿었다. 얇은 눈꺼풀 속으로 쑥 들어가 옹이처럼 콕 박힌 엄마 눈은 별 하나 없는 밤처럼 새카맣고 차가운 밤바다처럼 깊었다. 어색하고 불편한 검정, 엄마가 그 눈으로 사랑스러운 마음을 전하려 할 때면 나는 견디지 못하고 자리를 피할 수밖에 없다. 그래서 그날 나는 동묘시장에 있었고 그것을 만나게 된 것이다.

나는 그날 동묘시장에 가지 말았어야 했다.

나는 동묘시장에서 그걸 사지 말았어야 했다.

"뭐 찾으시는 거라도 있수?"

나는 어느 골동품 가게 앞에 서 있었다. 말이 좋아 골동품이지 누가 살까 싶은 고물들이 통행로 앞까지 잔뜩 쌓여있었다. 가게 주인의 목소리는 쌓여있는 물건들 속 어딘가에서 났고 나는 한참을 두리번거리고서야 주인을 찾을 수 있었다.

"아뇨, 뭐…… 그냥……."

"나비는 그냥 왔다가 꽃잎이 되지. 우리 집 물건이 그래. 그냥 왔다가 사게 되는 매력이 있지."

"네? 아! 네……."

"나비처럼 사뿐히 구경하소. 궁금한 게 있으면 물어보시고, 나비처럼……."

"네네."

궂은날 나비 타령이나 하는 가게 주인은 나비 애벌레 같은 옷을 입고 누워 물담배를 빨고 있었다. 물담배를 피는 것도 신기한데 아랍풍의 애벌레 같은 옷이며 이상한 말투까지. 나는 가게의 콘셉트가 재미있어 조금 더 가까이서 물건을 살필 마음이 생겼다.

가게 안으로 조금 들어가자 주인의 복장만큼이나 신기한 물건들로 가득했다. 진짜 같아 보이는 말린 도마뱀과 천산갑의 껍질 그리고 문양이 그럴듯한 알라딘 램프까지. 잠시 구경하는 새 그저 그런 가게들과 다른 무언가가 있다고 생각했다.

"재미있나요? 나비 씨~."

가까이서 들리는 주인의 목소리에 고개를 들어보니 나는 주인이 누워있는 터키식 카펫 앞에 서 있었다. 쌓아 올린 물건들의 통로 깊이 비밀스럽게 있는 주인의 자리. 순간 나는 언젠가 책에서 봤던 '벌레잡이통풀'을 떠올렸다. 달콤한 어떤 매력에 끌려 깊은 곳까지 걸어 들어가지만 들어간 곤충이 절대 나올 수 없는 벌레잡이통풀. 주인은 나를 '나비'라고 불렀다.

"나비 씨~ 맘에 드는 물건이 있나요?"

"네, 멋진 물건들이 많네요."

"예를 들면?"

"예를 들자면…… 말린 도마뱀이나 천산갑 같은……."

"오호호, 그건 주술에 쓰는 물건들이에요. 위험한 것들이지. 답답한 일이 있나? 인간들은 누구나 답답하다 끝나지. 신비로운 걸 좋아하나? 사람들의 가슴엔 신비로움이 죽었지……."

주인의 말을 알아들을 수 없었지만 오전에 만난 점쟁이의 말과는 느낌이 달랐다. 점쟁이의 말에 "네!" 소리가 나왔다면 골동품 가게 주인의 말에는 자연스레 고개가 끄덕여졌다. 조금 더 수긍이 되고 마음이 편안해지는 신비로운 느낌. 나는 주인의 머리맡에서 피어오르는 향냄새 때문일 거라고 생각했다.

"신비로운 걸 좋아하는 나비님께 좋은 물건 하나 추천할까?"

"추천이요?"

"안 사도 돼요. 그냥 비도 오고 손님도 없으니 말벗이나 하려고 하는 거지. 어디 보자……."

주인은 앉은 자리 뒤편에 쌓여있는 물건들 속으로 손을 쑥 넣어 한참을 뒤적거렸다. 물건들로 쌓아 올린 벽은 견고하지 못한지 일렁이듯 흔들리며 덜그럭덜그럭 소리를 냈다. 높은 어딘가에서 놋그릇 한 개와 양초 몇 개가 떨어졌고 두려움에 벽면 이곳저곳을 살피는 새 주인은 그것을 꺼냈다.

"자, 찾았어요."

"그게 뭐죠?"

"아, 이거 아주 귀하고 좋은 거죠. 가만있어 보자, 어디서부터 이야기해야 하나……."

주인은 비장한 표정으로 눈을 감고 한참 동안 미간을 찌푸렸다. 주변은 조용했고 그런 탓인지 향냄새가 더 탁하게 느껴져 나는 약간 어지러움을 느꼈다. 어지러움을 이기려 주변을 살펴보니 들어온 통로는 생각보다 좁았고 물건들은 크기와 색깔별로 나름 패턴이 있었다. 또 천장은 높았고 주인의 목소리가 천장을 타듯 웅웅 울렸다. 주인은 언제부터인지 모르지만 물건에 대해 설명을 하고 있었다.

"단순한 물질의 연성을 넘어 플라스크를 벗어난 최초의 호문쿨루스까지 실현한 연금술의 결정체란 말이죠! 대단하죠?"

"네, 그렇군요."

"역시! 나비님은 이 물건의 가치를 알아볼 줄 알았어요. 물건들도 저마다 인연이 있고 운명이 있는 법이죠. 이 연금술 항아리와 저의 인연은 오늘까지인 것 같군요."

"네, 그렇군요."

"그럼 아쉽지만 팔겠습니다. 가격은 나비님이 지금 가지고 계신 만큼만 받겠습니다."

"네, 그러시죠."

"사용법을 잊지 마세요. 항아리 옆 구멍에 탄소를 먼저 넣고 이어서 연성할 것에 일부를 넣으면 된다는 거. 그리고 절대로 사람의 것은 넣지 마세요. 절대……."

정신을 차렸을 땐 이미 집 앞 골목이었다. 놋으로 된 항아리를 품에 안고 비 오는 거리를 걸어왔던 것 같은데 항아리를 소개받은 이후에 일들이 기억 속에서 하얗게 지워졌다. 항아리를 사고 청계천을 건너 집까지 왔을 50분 남짓, 이유를 알 수 없는 블랙아웃에 불안해진 나는 모든 게 짙은 향냄새 때문일 거라고 생각했다. 머리가 아프고 속이 불편했다. 나는 폐 속 향냄새를 뽑아내듯 크게 심호흡을 했다. 몇 번의 호흡으로 두통은 금방 좋아졌지만 그제야 살펴본 주머니에는 아무것도 없었다.

"집에서 나올 때 5만 원, 점 본 값 5,000원 빼면…… 4만 5,000원."

미친 사람처럼 중얼거리며 몇 번을 계산해봤지만 품 안에 허름한 항아리를 4만 5,000원을 주고 사 왔다는 것 말고는 생각할 수 없었다.

"아씨…… 미치겠네. 이번 달 용돈 그게 마지막인데……."

"종일 어딜 쏘다니고 다저녁때 나타난 거니?"

언제부터 옆에 있었는지 엄마는 평화로운 표정으로 담배를 피우고 있었다.

"아…… 그게……."

"밥은 찾아 먹고 들어갈 때 치워라. 상 두 번 차리게 하지 말고."

"응."

"그 요강 같은 건 뭐니?"

"그냥 예뻐서 샀어…… 4,500원 주고……."

"4,500원이 썩었나 보구나! 너 내가 4,500원 벌려면 번역을 얼마나 해야 하는 줄 알아?"

"…… 올라갈게요."

아침에 이어 저녁까지 잔소리 들을 자신이 없어서 나는 황급히 자리를 피했다. 엄마는 돈을 벌기 위해 몇 가지 일을 하는데 그중 하나가 번역 일이었다. 번역 일이 잘돼서 문제없이 마감이 되면 엄마는 청록색 철문 앞에 고양이처럼 웅크리고 앉아 기분 좋은 표정으로 담배를 피웠다. 오늘은 운 좋게 그런 엄마를 만났고 그래서 아무 일 없이 자리를 피할 수 있었다. 아무리 그렇다 해도 항아리를 사는 데 4만 5,000원이나 췄다고 솔직히 말했다면 오늘 저녁이 무사하진 못했을 것이다. 나는 엄마가 항아리에 다시 관심을 가질까 항아리를 들고 서둘러 다락방으로 올라갔다.

다락방은 2층에 있는 내 방에서 사다리로 올라갈 수 있었다. 엎드려야 간신히 기어 들어갈 수 있는 삼각형 모양의 낮은 공간에는 전축이며 LP판, 오래된 기타 같은 옛날 물건들로 가득했다. 다락방에 있는 물건들은 주로 아버지가 쓰던 것으로 엄마는 어떤 이유인지 이것들을 버리지 않고 다락방에 방치했다. 내가 아는 한 엄마는 한 번도 다락방에 올라가지 않았다. 이유는 어렴풋이 짐작할 것 같기도 했지만 그보다 중요한 건 항아리를 숨기기에 다락방이 제격이라는 것이었다. 나는 4만 5,000원짜리 물건을 다락방에 방치하기로 했다. 그리고 아쉬운 마음에 헛일 삼아 항아리를 들어 뱅글뱅글 돌리고 있는데 종이 한 장이 툭 떨어졌다.

연성 방법

1. 측면 구멍에 탄소(연필심)를 조금 넣은 후 연성할 물건의 일부를 넣는다.

2. 최소 한 시간에서 최대 하루 소요.

※ 주의: 동물이나 특히 사람의 것을 절대 넣지 마시오.

설명서였다. '태양사, 액세서리 전문'이라는 상호와 전화번호가 파랗게 인쇄된 종이에 볼펜으로 휘갈겨 쓴 나름 설명서였다. 오늘 유쾌한 마음은 아니었지만 크게 기분이 나쁘지도 않았던 나는 이 조악한 쪽지를 보는 순간 어떤 이유인지 몹시 화가 났다. 복합적으로 무겁고 나쁜 기분이 밤처럼 밀려왔다.

"아이…… 미친 사기꾼 새끼!"

억울한 마음에 욕이라도 해보지만 좁다란 다락방에서 혼자 더 우울해질 뿐이었다. 나는 메모지에 인쇄된 전화번호로 전화를 할지 아니면 내일 일찍 찾아가 환불을 요구할지에 대해 몇 번이나 생각했다. 하지만 시장 상인들은 어쩐지 무서운 느낌이 있어서 나로서는 엄두가 나지 않아 다른 복수 방법을 찾기로 했다.

나는 좁고 낮은 다락방에 편하게 누워 몽상에 가까운 복수를 생각할 뿐이었다. 화가 가라앉지 않은 탓인지 내가 생각한 모든 복수의 결말은 감당할 수 없을 만큼 무서운 방향으로 전개됐다. 그렇게 몇 번인가 비슷한 전개의 생각들을 하다가 나는 문득 다소 소심하지만 그럴듯한 복수 방법을 떠올렸다.

가게 주인이 적어준 주의사항을 반대로 따라 하기.

이런 짓을 한다 한들 가게 주인에게 아무런 피해도 줄 수 없다는 걸 잘 알고 있었다. 하지만 화난 마음을 달래기 위해서는 뭐라도 해야 했고 소심한 나에게 이 정도의 복수라면 크게 섭섭하지 않을 거란 생각을 했다

"측면 구멍에 연필심을 넣고……."

나는 단번에 방으로 뛰어 내려가 책상 위에 있는 샤프를 가져왔다.

"샤프심도 탄소니까 되겠지? 그런데 얼마나 넣어야 하나?"

"에잇, 몰라. 한 개!"

샤프 주둥이로 심 한 개를 조심스레 뽑아서 항아리 옆에 구멍으로 밀어 넣었다.

"다음은…… 연성할 것의 일부…… 그런데 연성이 뭐지?"

나는 연성이라는 단어의 뜻을 알지 못했다. 잠시 스마트폰으로 뜻을 찾아볼까 생각도 했지만 복수심에 눈이 먼 내게 그럴 여유는 없었다. 큰 사건은 작은 일에서 결정되는 것을 그때는 몰랐다. 연성이라는 단어를 찾아봤다면 나는 그 일을 멈췄을까? 내게 주어진 마지막 기회는 그렇게 모르는 새 지나가고 있었다.

"사람의 것을 절대 넣지 마시오!"

"그렇다면 간단하게 머리카락을 넣어주겠어!"

나는 정수리에서 뽑은 머리카락 한 올을 구멍으로 정성스럽게 밀어 넣었다.

"……."

"아이 씨! 나 지금 뭐하니! 저런 쓰레기가 뭘 할 거라고 기대한 거야!"

항아리는 아무런 작동도 하지 않았다. 나는 그것을 발로 차버리고 누워버렸다. 조용한 다락방에 타닥타닥 울리는 빗소리는 적당한 곰팡이 냄새와 잘 어울려 아늑했다. 포근한 느낌에 흥분했던 마음도 금세 가라앉았고, 내일 가게로 찾아가 보자고 마음먹었다. 눈앞에 있는 아버지의 낡은 기타를 보며 내일 아버지가 같이 가서 싸워주면 좋겠다는 생각도 했다. 아버지는 어디서 뭘 하기에 한 번도 찾아오지 않을까? 나는 이런저런 생각과 빗소리와 어둠에 겨워 찬찬히 잠에 빠져들고 있었다. 내가 무슨 짓을 저질렀는지 까맣게 알지도 못한 채 깊은 잠에 빠져들었다.

항아리를 챙겨 일찍 집을 나섰다. 이른 아침 공기의 서늘함이 등 뒤로 느껴져 가슴이 멍하게 뚫린 느낌이었다. 나는 당장이라도 이불 속으로 다시 들어가 숨고 싶었지만 이번 일을 해결하지 못한다면 왠지 물러서는 어른이 될 것만 같았다. 어떤 이유로 그런 생각을 했는지는 모르겠으나 한 가지 확실한 건 물러서는 어른을 생각할 때 나는 아버지를 떠올렸다. 큰 키에 호리호리하고 사람 좋게 생긴, 한 번도 본 적 없는 아버지는 그런 모습으로 확실하게 떠올랐다.

아버지에 대해 생각하며 걷다 보니 어느새 항아리를 산 가게 앞이었다. 긴장되는 마음을 다잡으려 우물쭈물하는 새 가게 주인과 눈이 마주쳤는데 어쩐지 가게 주인이 먼저 나를 응시하고 있었을 것 같은 확신이 들었다. 주인은 묘한 자세로 누워 독사처럼 머리를 쳐들고 나를 주시하고 있었다. 주인의 모습에 쥐처럼 주눅이 든 나는 생각할 겨를도 없이 입에서 아무 말이나 튀어나와 버렸다. 그것은 놀란 쥐의 찍 소리와 같은 것이었다.

"화…… 환불이요! 이거 돈으로 바…… 바꿔주세요!"

"환불이요?"

가게 주인은 나를 위아래로 훑어보고는 항아리를 건네받았다. 항아리를 뱅글뱅글 돌리며 살피던 가게 주인은 퉁명스러운 표정을 지으며 입을 열었다.

"이거 우리 집 물건이 아닌데? 가게 잘못 찾은 거 아니오?"

"무슨 말씀이세요? 이거 산 지 24시간도 안 지났는데!"

"아니…… 우리 집에서는 이런 싸구려 중국산을 취급하지 않아요. 잘 생각해봐요. 여기 가게들이 다 비슷비슷하니……"

"아니…… 아저씨 맞잖아요! 어제 오후에 저한테 4만 5,000원 받고 파셨잖아요!"

어느 정도 예상했던 반응에 나는 밀리지 않으려고 대뜸 소리쳤지만 돌아오는 가게 주인의 목소리는 더 크고 거칠었다.

"아니, 언제 내가 이런 걸 팔았다고…… 이런 허접한 걸 누가 4만 5,000원이나 주고 사 간다고 억지야! 재수가 없으려니까 마수걸이도 하기 전부터 찾아와서 사기질이야? 젊은 사람이!"

"……."

말투며 행동 그리고 목소리까지, 어제 만났던 사람과 너무 달라서 나는 순간 가게를 잘못 찾았나 하는 생각에 멍하니 가게 주인의 이곳저곳을 살펴봤다. 하지만 아무리 봐도 애벌레 같은 차림새를 한 그가 맞았고 나는 혼란스러워 아무 말도 할 수 없었다. 이건 처음 느껴보는 두려움이었다.

"뭘 봐? 어린놈이 할 짓이 없어서 하루 벌어 하루 먹고사는 사람 등이나 쳐 먹으려고 해? 4만 5,000원 좋아하고 자빠졌네! 능력이 없으면 공사판 나가서 등짐이라도 질 생각을 해라. 이놈아!"

"……."

"자! 이거 갖고 썩 꺼져!"

가게 주인은 때리듯이 항아리를 돌려주었다. 항아리를 받은 명치끝이 저릿했으나 신경 쓸 겨를이 없었다. 중력이 없어진 듯 멍한 느낌, 나는 두려움과 억울함을 잊은 채 잠시 가만히 서 있었다. 온몸은 땀으로 축축하고 머리는 무거웠다. 그렇게 이상한 가운데 항아리에 조악한 무늬를 보다가 나는 너무 어지러워 가게 주인을 밀쳐버릴 수밖에 없었다.

가게 주인은 쌓아 올린 물건들 속으로 쓰러졌다. 벽 같던 물건들은 무너지며 주인을 덮쳤고 하늘이 무너지는 소리와 함께 가게 주인은 물건 속으로 사라졌다. 이른 아침이라 처음부터 우리를 본 사람은 없는 것 같았다. 몇몇 사람들이 있었으나 물건들이 무너진 후 소리를 듣고 온 사람들뿐이어서 나는 구경꾼처럼 서 있다가 천천히 자리를 벗어나 집으로 향했다. 이상하게도 정신은 맑았고 마음이 평온했다.

막상 두려움이 몰려온 건 집으로 온 후 다락방에 올라와서였다. 나는 이 일이 어디서부터 잘못된 건지, 가게 주인은 죽었는지, 목격자는 있었는지 등을 생각하고 또 생각했다. 그건 심연의 끝으로 가라앉는 느낌이었고 헤어나오지 못할 것 같은 두려움이었다. 그때 그 깊은 곳에서 나를 건져 올리듯이 다락방 구석에서 뭔가 부스럭거리는 움직임이 있었다. 이미 절망에 빠진 나는 아무런 두려움 없이 기타를 치우고 축음기를 들어내어 움직임을 확인하려 노력했다. 그리고 아버지의 오랜 물건들을 거의 다 치우고 나서야 그것을 확인할 수 있었다.

"아…… 아버지?!"

아버지였다.

어제 일로 너무 신경을 쓴 탓에 나는 내가 어떻게 된 게 아닐까 싶어 정신을 가다듬고 눈을 비빈 후 몇 번이나 다시 쳐다봤으나 아버지였다. 아버지는 골동품처럼 웅크린 채 뒤돌아 앉아 있었다. 남루한 옷을 간신히 걸친 몸은 낡은 장판처럼 말라서 쭈글거렸고 짙은 갈색의 피부에는 듬성듬성 하얀 곰팡이까지 피어있었다. 아버지는 이미 미라의 모습을 하고 있었지만 이상하게도 두렵지 않았다. 나는 생각할 틈도 없이 미라를 아버지로 인식하고 있었다. 아버지가 돌아앉자 오른쪽 머리가 푹 꺼져있는 게 보였다. 아버지는 내게 뭔가를 열심히 이야기하려 노력했으나 목소리가 나오지 않았다. 나는 그 애처로운 메시지를 들으려 부단히 노력했다.

"아버지, 안 들려요. 조금만 크게! 마…… 망치?"

"망치로…….."

"……."

"망치로 뭐를? 누가?"

"……."

기분 나쁘고 슬픈 꿈이었다.

몸서리치며 일어난 나는 어디서부터가 꿈인지를 알 수 없었다. 잠이 덜 깬 상태로 기억들의 인과를 맞춰보다가 시계를 보고서야 모든 게 꿈인 걸 알았다. 타다타닥 비는 계속 내렸고 새벽세 시를 지나고 있었다. 가게 주인이 죽지 않은 건 다행스러운일이었다. 나는 내일 시장에 가는 걸 포기하기로 했다. 아버지는무슨 말이 하고 싶었던 걸까? 태어나 처음으로 아버지가 죽었을지도 모른다는 생각을 했다. 나는 왜 아버지가 당연히 살아있을거라 생각했던 걸까?

잠에서 깨고도 많은 생각에 시달렸다. 마치 계속 꿈을 꾸는 느낌으로 마음은 깊은 곳에 가라앉아 있었다. 나는 나쁜 기분을 떨쳐버리려 빗방울 소리에 집중했다. 얼마나 지났을까? 탁탁탁 하는 빗소리와 눅눅한 곰팡이 냄새에 긴장됐던 근육들이 느슨히풀릴 즈음 또다시 소리가 났다.

사각사각.

연필로 뭔가를 쓰는 듯한 소리는 불규칙하지만 어떤 패턴이있었다. 그리고 얼마 지나지 않아 부스럭거리는 움직임이 느껴졌다. 아버지의 낡은 물건들 뒤편, 꿈속에서와 같은 장소였다.

가슴이 쩡하도록 놀랐지만 악몽에 충분히 시달린 내게 무언가를 선택할 의지는 없었다. 눈앞에 펼쳐질 상황이 악몽이든 이상한 현실이든 단지 가서 확인해볼 뿐이었다. 악몽이라면 미라같은 아버지를 찾아 꿈에서 깨면 되고, 현실에서 쥐라도 있는 거라면 내일 쥐덫을 놓으면 그만이라 생각했다. 나는 어떻게 되든 이 피곤한 상황에서 벗어나고 싶은 생각뿐이었다.

우선 내 뺨을 몇 번 후려쳤다. 나는 정신을 차려야 했고 공포심을 떨쳐야 했다. 뜨끈해진 볼이 얼얼한 걸 봐선 꿈은 아니었다. 그래서 쥐가 있는 것이라고 생각했지만 목덜미가 서늘했다. 그냥 다락에서 내려와도 되었을 것을. 그때 나는 왜 그런 생각조차 하지 못했을까?

한참 동안 쌓인 물건들을 다 치우자 꿈속에서와 같은 상황이 벌어졌다. 다락방 구석에 사람 같은 게 웅크리고 돌아앉아 있었고 나는 비교적 차분했다. 얼얼한 볼을 다시 한번 느끼며 꿈이 아님을 분명히 의식했다. 그리고 낮게 심호흡을 한 번 거르고 이내 내쉬는 호흡에 차분히 그것을 불렀다.

"어…… 어이! 어이!"

"……."

나의 부름에 그것은 몸을 틀어 고개를 들었다. 그것은 충격적인 모양을 하고 있어 나는 그것의 얼굴을 보고 다리에 힘이 빠져 주저앉아버렸다. 미라 같은 거라면 차라리 덜 놀랐을 것이다. 나와 똑같은 얼굴을 한 그것의 모습에 나는 간신히 유지하던 최소한의 멘탈마저 놓아버린 것이었다.

"뭐…… 뭐야? 너!"

"모…… 몰라."

"모르다니! 너 뭐냐고? 어떻게 여기 있고, 어떻게 나랑 같고, 또…… 아이 씨! 너 뭐냐고오!"

"모르겠어. 내가 뭔지. 그냥, 그냥 처음부터 여기 있었어……."

"처음부터? 처음부터면 언제부터! 10년? 100년?"

"한 시간쯤 전부터……."

"아오! 그니까! 그전에는 어디서 뭐 하는 놈이었냐고!"

"한 시간 이전에 일은 모르겠어. 진짜야."

"아…… 돌겠네. 그럼 거기서 뭐 하고 있었어?"

"공부……."

"공부?"

"어! 수학."

"수학?"

"그래, 수학."

"허…… 수학, 수학이란 말이지……?"

이유는 알 수 없지만 수학이라는 말에 나는 어이가 없어 긴장이 탁 풀려버렸다.

맥없이 앉아있는 건 편안한 것이었다. 흥분했던 마음이 잠잠해지니 비가 멈춘 걸 알 수 있었고 생각보다 시간이 많이 지나 네 시 반이 넘은 것도 알 수 있었다. 그리고 널브러져 있는 항아리를 보고 나서야 잠들기 전에 내가 무슨 짓을 했는지 떠올릴 수 있었다.

"너 저기서 나온 거냐?"

"글쎄······."

작은 항아리에서 저렇게 큰 게 나왔을 리 없겠지만 나와 똑같이 생긴 저것을 앞에 둔 상황이라면 그나마 그게 가장 합리적인 추론이었다. 나는 항아리와 샤프심 그리고 내 머리카락을 떠올렸지만 지금 일어난 이 일에 인과를 맞출 수는 없었다. 지금 가장 급한 건 엄마가 내 방으로 올라오는 여섯 시 반 전에 대충이라도 모든 상황을 수습하는 것이었다. 일이 어디서부터 틀어진 건지는 그다음에 생각하기로 했다.

"좋아, 이왕 이렇게 된 거 우리 방법을 찾아보자."

"무슨······ 방법?"

"너랑 나랑 어떻게든 같이 살아야 할 거 아냐!"

"어? 어······!"

"뭐가 어 야! 이렇게 똑같이 생긴 애가 갑자기 둘이 있는 게 말이 돼? 알아듣겠어?"

"응."

"자, 그럼 이름. 난 진영이야, 김진영. 넌 이름이 뭐야?"

"몰라."

"나이는?"

"몰라."

그것은 어쩐지 로봇과 같은 느낌이었다. 대답은 거의 단답형이었고 표정도 거의 없었다. 그뿐만 아니라 녀석은 나와 눈을 마주치는 대신 가끔씩 자기 손가락을 보며 묘한 소리로 웃곤 했다. 나는 이런 느낌에 대화가 불편했지만 상황을 정리해야 했기에 꾹 참고 대화를 이어갔다.

"흠…… 그래, 그럼…… 너 한 시간 전 일은 모른다면서 어떻게 수학은 잘 푸는 거야?"

"그냥, 그냥 풀어져. 너는 수학 못 풀어?"

"어? 그런 편이지."

"왜?"

"그건…… 아이 씨! 지금 수학 잘 푸는 게 문제냐?"

"크크크크."

"너 아는 것과 모르는 것을 말해봐."

"어떤 거?"

"어떤 거냐면…… 그래, 우선 급한 거부터. 우리 엄마 알아? 우리 담탱이 누군지 알아?"

불행 중 다행으로 녀석은 아무것도 모르는 백지상태는 아니었다. 녀석은 엄마나 담임에 대해서 알고 있었다. 원경이나 도형이같이 친한 친구들도 알고 있었고, 요즘 들어 가끔 내게 시비를 거는 일진 정명섭까지도 잘 알고 있었다. 그리고 무엇보다 흥미로운 건 나와는 다르게 공부에 재능이 있다는 것이었다. 수학은 물론 어려운 물리나 영어를 포함한 모든 과목을 잘한다고 했다. 나는 녀석의 이런 재능이 나를 자유롭게 해줄 수 있을 것 같아 조금은 기분이 좋아졌다. 다만 녀석의 기억과 능력은 일관성 없이 뒤죽박죽이어서 며칠은 정리가 필요할 것 같았다.

"너와 나는 같으니까 밖에 나가면 너도 김진영이야. 알겠어?"

"응."

"그리고 우리끼리 있을 때는 내가 1호, 네가 2호. 알겠지?"

"왜 네가 1호야?"

"내가 먼저 있었으니까! 따지냐?"

"크크크크."

"너는 집에 있을 때 웬만하면 다락에 있어. 잘 때도 다락에서 자고."

"왜 다락에 있어야 돼?"

"엄마가 다락에는 안 오거든. 배고프면 밤에 조용히 냉장고에서 아무거나 꺼내 먹고."

"응."

"명심해! 함부로 나다니면 큰일 난다."

"응."

"그리고 학교는 공부 잘하는 네가 가. 점심은 학교 급식으로 해결하면 될 거야."

"응."

"너, 그런데 괜찮겠어?"

"뭐가?"

"종일 다락방에 있어도?"

"수학 문제 풀면 돼."

"그래도…… 에이 모르겠다. 네가 괜찮다고 했다. 나중에 다른 말 하지 마!"

"크크크크."

"그래도 불편한 거 있으면 말하고."

"응."

"아휴…… 나도 이제는 모르겠다."

대충 급한 것부터 정리되자 큰일을 치른 듯 극심한 피로감이 몰려왔다. 두통으로 뻑뻑해진 눈을 감으니 시큰한 느낌으로 불편했다. 나는 눈을 감은 채 괜찮다고 몇 번이나 중얼거렸다. 하지만 불안한 마음은 바람에 일어난 먼지처럼 쉬이 가라앉지 않았다. 그리고 어지럽게 부유하는 마음속 어딘가에는 2호 덕에 학교를 가지 않아도 되지 않을까 하는 작은 기대도 있었다. 작은 창으로 햇빛이 들어왔다. 문 여는 소리와 함께 엄마가 부르는 소리가 나서 이 이상한 상황이 현실임을 확신했다. 그 녀석은 햇살을 처음 보는지 인상을 찡그리며 굳이 해를 쳐다보고 있었다.

"진영아! 두 번 안 부른다. 나와서 밥 먹어라!"

"네! 일어났어요! 내려가요!"

나는 엄마가 방문을 열까 서둘러 대답하곤 뛰어 내려갔다.

"밥 먹고 올게. 내려오지 말고 있어!"

1층으로 내려가자 밤새 있었던 일들이 무색하도록 평범한 일상이 시작되고 있었다. 거실 TV에선 아침뉴스가 보는 이 없이 공허하게 소식을 전했고, 전기밥솥에 밥 되는 소리와 고소한 냄새는 남은 잠을 깨우기에 충분했다. 나는 잠시 서서 이 익숙한 공간의 구석구석을 한 번 더 훑어봤다. 그리고 이토록 아무렇지도 않게 시작되는 일상에 안도했다.

부엌에 가자마자 습관처럼 밥공기를 확인했다. 엄마는 기분이 좋은 아침이면 밥을 넘치도록 눌러 담는데 원고를 제때 마감해서인지 밥은 밥공기 위로 가득하게 동그랬다. 나는 자리에 앉기도 전에 반 이상의 밥을 빈 그릇에 덜어냈다.

"왜? 입맛이 없니?"

"응."

"공부하려면 든든히 먹어야지. 모의고사 있다며?"

엄마는 덜었던 밥에 절반을 다시 내 밥공기로 옮기며 고기 한점을 밥 위에 올렸다.

"많이 먹으면 부대껴서 더 힘들어."

"다이어트 같은 거 한다고 안 먹는 거 아니야?"

"아냐! 못 먹는 거야. 양도 너무 많고."

"왜, 엄마 요리가 맛이 없어?"

"아…… 아니, 나 원래 아침에 입맛 없잖아."

엄마의 요리 실력은 형편없었다. 살림에 관심이 없는 엄마는 주로 마트에서 사 온 반조리식품으로 요리하는 게 전부였는데 양념이 다 된 재료로 이토록 맛없게 만드는 것도 나름 재주라고 생각했다. 내가 아침마다 밥을 덜어내는 것은 맛없는 반찬 때문만은 아니었다. 엄마는 내가 식사하는 내내 탁자 맞은편에 붙어 앉아 프리스타일 랩을 하듯 잔소리를 이어갔다. 나도 여느 아이들처럼 잔소리가 듣기 싫었지만 그보다 더 견디기 힘든 건 잔소리를 하는 중에 나를 보는 엄마의 시선이었다. 엄마의 시선에는 나에 대한 애정과 기대가 과하게 묻어있어 몹시 끈끈하고 묵직한 느낌이었다. 자리를 피하지 않고서는 이 시선에서 벗어날 수 없어서 나는 어쩔 수 없이 주어진 밥의 양만큼의 시간을 견뎌야만 했다. 그나마 내가 할 수 있는 것은 밥을 최대한 많이 덜어내는 것과 남은 밥을 빨리 입 안으로 밀어 넣는 게 전부였다. 나는 고개 숙여 밥을 밀어 넣는 동안 어떻게 하면 2호를 이용해 아침 식사 자리를 벗어날 수 있을까 생각했다.

일상은 녀석을 포함한 새로운 질서로 안정되고 있었다. 아침부터 학교생활까지 낮 시간을 2호가 보내는 동안 나의 일과는 11시에나 시작했다. 나는 다락방에서 도둑고양이처럼 내려와 아무도 없는 집안을 서성거렸다. 우선 냉장고를 뒤져 햄이나 어묵 같은 걸 먹었는데 햄과 어묵은 그 자체로 엄마의 요리보다 맛이 있는 것이었다. 이틀에 한 번 정도 씻고, 옷은 냄새나지 않는 걸로 대충 입었다. 낮에 출근하는 엄마와 마주칠까 마음 졸이기도 했지만 나는 집에서 나와 곧장 PC방으로 향했다.

단골 PC방에서는 아르바이트 일이 바쁠 때 조금씩 일손을 돕는 걸로 얼마든지 한 자리 차지할 수 있었다. 깡마른 몸매로 항상 삐딱하게 앉아있는 아르바이트생 K는 불량해 보이는 외모와는 달리 상냥한 사람이었다. 나는 언젠가부터 게임보다 카운터에서 K와 이야기하는 것을 즐겼는데 이제 스무 살인 K의 이야기는 묘한 설득력이 있었다. K는 내가 어떤 걸 물어오든 TV에 나오는 어떤 스님처럼 짧고 명징하게 답을 내주었다.

"형, 저 계속 등교 안 하고 여기서 시간 죽여도 괜찮은 걸까요?"

"너 SKY대 갈 수 있어?"

"아뇨."

"어차피 SKY 못갈 거면 다 똑같아. 그럴 바에는 그냥 노는 게 남는 거야."

"그래도 불안해서……."

"불안하지. 나도 불안해. 누구나 처음 사는 인생인데 안 불안한 게 이상한 거지. 안 그래?"

"아……."

"서울대 가면 안 불안하겠냐? 할아버지 되면 안 불안하겠어? 어차피 답도 없는 거 골치 아픈 것들은 차일피일 미루다가 문제 터지면 수습하는 게 인생이야."

역시 일리 있는 말이었다.

"단, 멍청한 놈은 일이 터지면 어렵게 수습하고, 똑똑한 놈은 조짐이 있을 때 먼저 수습하고, 그 차이야."

"형은 똑똑해서 좋으시겠어요."

"나? 나도 아냐. 세상에 똑똑한 놈 몇 안 된다."

K는 불량하지만 똑똑했다. 나는 K에게 2호 문제에 대해 물어보려 했지만 마침 카운터로 짜장라면 주문이 들어와서 그럴 수 없었다. K는 빠르게 주방으로 향했다. 나는 2호 이야기를 하지 못한 게 어쩌면 다행일 수도 있겠다는 생각을 했다. 그때 출입구에 달아놓은 종소리가 울렸고 원경이가 들어왔다.

"여~ 1등! PC방 죽돌이가 공부는 언제 하시는 거야?"

학교를 마치고 바로 왔을 원경이가 알 수 없는 인사를 건넸다.

"뭔 소리야?"

"뭔 소리라니? 겸손이 지나친 거 아냐, 1등?"

나는 능글능글한 원경이의 농담이 장난이 아닌 것을 직감했다.

"뭐…… 재미 삼아 미친 척 열심히 하니까 되네. 1등…… 운도 좋았고."

"아이 미친놈 진짜 실력인가 보네. 야! 사람이 갑자기 변하면 죽어."

원경이와 마주친 건 운이 좋았다. 녀석은 신이 나서 학교에서의 일들을 이야기해줬다. 원경이의 말에 의하면 얼마 전 치른 모의고사 성적이 나왔고, 2호가 갑자기 1등을 해버린 것이었다. 반 1등도 아니고 전교 1등을 말이다. 반에서 15등 남짓하던 내가 갑자기 전교에서 1등을 하자 한바탕 난리가 났고, 급기야 2호는 교무실에 가서 몇 가지 문제들을 풀어 보이는 것으로 실력을 증명했다고 했다.

나는 그길로 집으로 향했다. 학교에서야 잘 넘어갔다고 해도 더 큰 문제는 엄마였다.

학생 때 공부 좀 했었다는 엄마가 이렇게 갑작스럽게 올라간 성적을 그냥 넘어갈 리 없었다. 엄마는 성적의 작은 변화에도 매번 시험지를 검사하고 풀어주는 등 과하게 난리를 쳤다. 그런데 전교 1등이라니. 나는 엄마가 어떻게 반응할지 상상할 수조차 없었다. 무엇보다 그런 상황에 2호를 노출시킬 순 없었다.

나는 어떤 핑계를 댈지 골몰하며 걷다가 집 앞 골목에 이를 때까지도 엄마를 보지 못했다. 철문 앞까지 와서야 그곳에 서 있던 엄마와 마주쳤는데 엄마는 깊은숨으로 담배를 피우고 있었다. 새파란 저녁 하늘에 가녀리고 검푸른 실루엣, 그 위로 찍힌 담뱃불의 새빨간 점 하나는 무심히 내려다보는 시선 같아 따갑고 서늘했다.

"엄마, 모의고사……."

"그래, 잘했더구나."

"성적이…… 갑자기 올랐죠? 많이……."

"그래."

"조…… 좋으시죠?"

"그래, 밥 차려놨다. 다 먹으면 정리하고 올라가라."

"네……."

나는 평소 엄마에게 잘 쓰지 않던 존댓말로 대화를 하고 있었다. 어떤 이유인지 엄마가 더 어색했다. 그 느낌은 평소 엄마에게 느껴지던 불편함과는 결이 다른 것이었다. 그건 조금씩 뭔가 틀어져 가는 불안감 같은 것이었다. 나는 이대로 두면 안 될 것 같다는 느낌을 본능적으로 받았다. 하지만 2호가 자리 잡은 한 달, 새로 짜인 일상을 나 혼자 어찌하기에는 모든 게 너무 커져 있었다. 마치 넓게 박힌 큰 나무의 뿌리처럼 그 깊이와 넓이를 알 수 없었다. 그날 나는 2호를 다락으로 올려보내고 밤까지 엄마의 근처를 서성거렸다. 엄마는 평소보다도 차분했고 그날은 아무 일도 일어나지 않았다. 평온하고 섬뜩한 저녁이었다.

다음 날도 아무 일 없는 듯 일상이 이어졌다. 똑똑하지 못한 내게 어제의 긴장과 두려움은 이미 과거의 일이었다. 나는 오전 느지막이 집에서 나와 PC방에서 습관처럼 시간을 보내고 있었다. 오후 늦게 배가 아파 잠시 화장실 변기에 앉아있는데 칸막이

너머로 원경이와 도형이의 소리가 들렸다.

"어때? 내 말이 맞지?"

"그러게, 지금은 멀쩡하네."

PC방 죽돌이인 원경이와는 다르게 나름 공부 좀 하는 도형이가 PC방에 오는 경우는 드문 일이었다. 내가 도형이를 만난 건 2호가 등교한 이후 처음이었다.

"그렇다니까, 저 새끼 학교에서만 이상하다니까!"

"난 진영이가 공부하다 미친 줄만 알았지."

"누가 아니래. 근데 PC방만 오면 멀쩡하다니까."

"PC방에는 매일 와?"

"하루도 안 빠지고."

"그럼 공부는 언제 하는 걸까?"

"신기하지? 더 신기한 건 뭔지 알아? 월요일 5교시 때 나 수업 땡땡이친 날 알지?"

"응."

"그때 곧장 여기로 왔는데 언제 왔는지 진영이 새끼가 먼저 와서 게임하고 있었다니까!"

"그날 진영이 학교 끝날 때까지 있었는데? 잘못 봤겠지."

"나도 비슷한 사람인가 해서 몇 번을 봤다니까. 근데 맞아!"

"맞긴 뭐가 맞아!"

이쯤에서 말을 끊어야겠다는 생각에 나는 문을 열고 나가 이야기에 껴들었다.

"우리 동네에 나랑 비슷하게 생긴 형 있어. 준표 형이라고."

"똥 싸고 있었나?"

"그래! 아주 소설을 써라, 새끼야!"

"요즘 네가 이상하니까 그렇지. 학교에서도 그렇고."

"어휴, 이거 말 안 하려고 했는데. 너네만 알고 있어."

"뭔데? 뭐가 있긴 있구나?"

"진짜 다른 데서 말하면 절대 안 돼!"

"알았어! 뭔데?"

"있잖아……."

나는 강하게 어깨동무를 하며 녀석들의 머리를 모아 진지하게 말했다.

"나…… 요즘 정신과 치료받아."

"뭐?"

"역시! 그런데 왜?"

"안 하던 공부를 너무 집중해서 했더니 문제가 생겼나 봐. 학교에서는 불안해져서 사람 눈 맞추기도 어렵고. 아무튼 막…… 그래."

"여기에선 멀쩡하고?"

"응."

"에이 그런 게 어딨어! 이상해"

"이상하니까 정신병이지. 너네만 알고 있어라. 다른 데서 말하면 안 돼! 꼭!"

평소에 봐오던 2호의 모습을 대충 얼버무려 핑계를 대니 순진한 녀석들은 쉽게 믿어주었다. 나는 친구들에게 몇 가지 이야기를 더 들었는데 기억나지 않았다. 녀석들은 힘내라는 응원까지 해주고 화장실을 나갔다. 나는 갑자기 밀려오는 피로감에 화장실 구석에 앉아버렸다. 한참을 앉아있다가 눕고 싶은 마음에 일찍 집으로 향했다. 방에는 2호가 있을 것이고 동시에 엄마를 만날 수도 있었지만 그보다 눕고 싶은 마음이 더 컸다.

잠가놓진 않아도 파란색 철문을 열어놓은 적은 없었는데 오늘은 문이 활짝 열려있었다. 해가 지고 하늘은 파래 주변은 어둑어둑했다. 까맣게 열린 철문이 바람에 흔들려 내는 소리는 어떤 울음소리처럼 을씨년스러웠다.

다행히 엄마는 아직 집에 돌아오지 않았는지 집 안은 어두웠고 내 방에만 불이 밝았다. 내가 없을 때 2호가 어떻게 시간을 보내는지 궁금해진 나는 잠시 방 안을 훔쳐보기로 했다. 엄마가 갑자기 올 걸 대비해 마당에서 집으로 들어오는 알루미늄 문을 잠갔다. 그리고 조용히 방 앞으로 다가갔다. 마침 숨어서 관찰하기 딱 좋을 만큼 방문이 빼꼼히 열려있어 나는 방문 앞 벽에 숨죽이며 기댔다. 나는 2호가 가만히 앉아 공부나 하고 있을 거라 생각했는데 의외로 방 안의 그림자는 서성이는 듯했다. 그리고 곧이어 2호는 혼잣말을 하는지 누군가와 대화하듯 알 수 없는 말들을 해댔다.

"2033년 4월 6일?"

"수요일."

"2029년 1월 1일?"

"월요일."

"2036년 11월 10일?"

"월요일."

소리는 둘이서 어떤 퀴즈를 푸는 듯했다. 평소에 이상한 짓을 많이 하던 2호여서 대수롭지 않게 생각하며 방문을 열었다. 나는 정돈된 책상에 앉아서 수학 문제를 푸는 2호의 뒷모습을 상상했는데 예상과는 다르게 방 안은 온통 난장판이었다.

"아휴~ 뭐냐, 이게? 너 평소에 이러고 있는 거였어?"

"아냐, 오늘은 특별한 날이라…….."

"특별한 날 좋아하네. 엄마 오기 전에 정리해야 하니 너도 거들어."

"알았어. 그런데 서프라이즈! 크크크크."

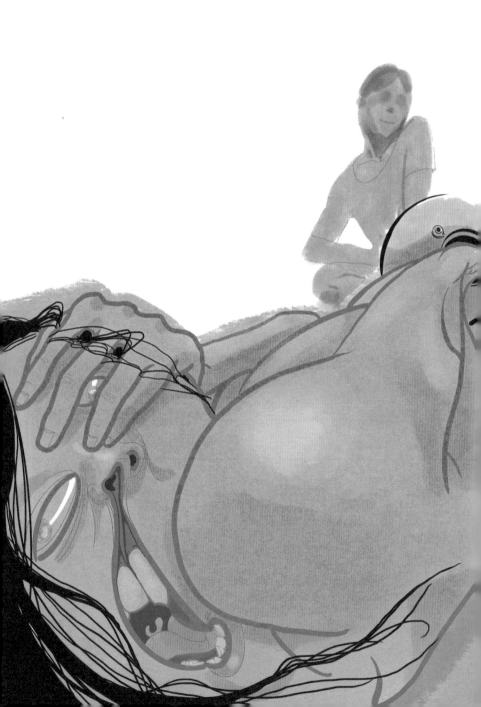

평소 무표정하던 2호가 웃는 게 이상하긴 했지만 엄마가 오시기 전에 2호를 다락으로 올려보내야 했기에 나는 개의치 않고 차분히 방을 정리했다. 한참 정리를 하고 널브러진 이불을 개려 하는데 이불 속에서 커다란 어떤 게 만져졌다.

"뭐…… 뭐야, 이건?"

"3호."

2호는 대수롭지 않은 듯 대답했다.

"뭐? 3호라니?"

"오늘 낮에 내가 연성했어."

"아이, 애 또 뭔 소리야?"

2호의 말을 이해하지 못하고 이불을 걷어치우자 놀랍게도 나와 똑같이 생긴 또 다른 녀석이 키득거리고 있었다.

"이…… 이건…… 또 뭐야……?"

당황한 나는 잠시 어쩔 줄 몰라 가만히 서 있었고 그 틈에 3호가 말을 걸어왔다.

"2067년 2월 5일은?"

"뭐?"

"요일을 맞추는 게임이야. 재밌어."

2호가 재미없는 표정으로 재미있다고 말했다. 나는 상황 파악을 위해 2호와 3호를 번갈아 쳐다봤다. 이미 2호도 충분히 이상한데 3호라는 것은 딱 봐도 2호보다 상태가 많이 안 좋아 보였다.

"야! 이 미친놈아! 너 뭐한 거야? 이거 어쩌려고 그래!"

"뭘?"

"3호인지 삼룡인지 하는 저 바보 같은 거 말이야!"

"3호가 왜?"

"왜라니! 엄마가 보기라도 하면 어떻게 할 거야! 너도! 저 3호도!"

"알아."

"뭐?"

"엄마가 안다고, 너도 나도 3호도…… 싹 다."

"뭐…… 뭐라고?"

"오늘 낮에 3호 나오고 나랑 장난치는데 엄마가 방에 들어와서 봤어."

"뭐…… 뭘?"

"뭐긴, 나랑 3호지."

"거…… 거짓말이지?"

"아냐, 엄마 방금까지 우리랑 같이 있었어."

"엄마 지금 어디 계셔?"

그때 엄마의 목소리가 들렸다. 소리가 난 곳은 엄마가 한 번도 올라가지 않던 다락방이었다.

"왔구나."

엄마는 침착하고 차분한 모습으로 내려오고 있었다.

"이제 다 모인 거 맞니? 더 올 진영이는 없는 거 확실하지?"

"엄마! 그…… 그게 어떻게 된 거냐면요……."

"묻는 말에만 대답해! 간단하고 명료하게…… 그리고 정직하게! 어떻게 된 건지는 중요하지도 궁금하지도 않아!"

엄마는 평소 모습과는 달리 크게 흥분하거나 화를 내지 않았다. 행동과 말투 그리고 표정까지 어떤 흐트러짐 없이 단호했다. 파란 대문 앞에서 흐린 눈으로 담배나 피우던 엄마와는 분명히 다른 모습이었다.

"믿을 수 없지만 이 싸구려 항아리에서 두 명이나 나온 거라고?"

다락방에서 내려온 엄마의 손에는 항아리와 묵직한 망치가 들려있었다. 엄마가 망치로 두드렸는지 항아리는 이미 찌그러진 고철이 되어있었다. 엄마는 찌그러진 항아리를 바닥에 툭 던지며 말을 이어갔다.

"자! 두 가지 문제 중 하나는 해결됐어. 이제 한 개만 해결하면 돼."

"어떻게……."

"엄마는 너희들 중 한 명만 키울 거야. 당연히 나머지 둘은 같이 살 수 없어."

"그럼 두 명은 어떻게 해요?"

"……."

나는 2호와 3호가 걱정되어서 엄마에게 물었지만 엄마는 대답이 없었다. 2호는 표정 없이 느긋하고 3호는 웅크리고 앉아 연신 동물 같은 소리만 내고 있었다.

"엄마는 세상에 하나뿐인, 잘난 내 아들 하나만 남겨서 키울 거야. 그러니 다른 아이들은 나를 원망하지 마."

"이…… 이렇게 또…… 똑같은데, 어…… 어…… 떻게 찾을 까요오~? 캑캑캑캑. 하…… 한번 찾아보시이요~ 쿵쿵쿵……."

3호는 이 상황이 재미있는 듯 즐거운 목소리로 중얼거렸다.

"걱정 마. 엄마는 다 알 수 있어. 같은 아이가 셋이건 백이건 정확하게 다 알 수 있어."

엄마는 칠흑같이 검은 눈을 깜빡이지도 않고 미끄러지듯 앞으로 걸어왔다. 우리는 알 수 없는 기운에 한쪽 구석으로 몰려 더 이상 갈 곳이 없었다. 다급해진 나는 엄마를 깨우듯 큰 소리로 말했다.

"엄마! 엄마! 엄마, 지금 이상해! 잠깐 앉아서 다른 방법을 생각해보자! 응?"

"나 지금 하나도 안 이상해. 가장 현실적인 방법을 찾아서 가장 빠르게 해결하려는 거야. 언제나 그랬듯이."

"나만 같이 살면 얘들은 어떻게 하려고? 버리게? 죽이기라도 하게? 이 애들 나 때문에 그냥 나온 애들이야. 아무것도 모르는 불쌍한 애들이라고!"

"아직 너랑 같이 산다고 한 적 없는데……."

엄마는 농담을 하듯 엷은 미소를 지으며 말했다.

"뭐…… 뭐라고?"

"봐야지. 이제부터 누가 착한 진짜 진영인지."

"어…… 엄마! 무슨 소리야? 나라고! 내가 진짜 진영이잖아! 엄마는 다 안다며! 셋이든 배…… 백이든!"

"글쎄 엄마가 본다니까! 엄마가 보면 다 알고말고…… 누가 착한 진영인지 누가 없어져야 할 쭉정이인지…… 누가 누가 가짜 인지…… 엄마는 모두 다…… 알지…… 엄마는…… 알지…….''

엄마의 목소리는 점점 작아져 마치 동요를 부르듯 나지막이 흥얼거렸다. 침침한 형광등 불빛 아래로 하얗게 야윈 2호의 무표 정이 마네킹 같았다. 빨간 등짝을 들썩이며 쿵쿵대는 3호의 울음 소리는 동물의 것 같기도 하고 여자의 비명 소리 같기도 했다. 천 천히 다가오던 엄마는 마치 원하는 상품을 고르는 사람처럼 흥 얼거리다가 멈춰 섰다. 나는 숨죽이며 엄마의 시선에 집중할 뿐 이었다. 마침내 엄마는 결정한 듯 그 특유의 눈빛을 보였다. 별 하나 없는 밤처럼 검고 밤바다처럼 차가운 엄마의 눈빛. 그런 시 선은 2호를 향하고 있었다. 지금껏 나를 보아오던 그 애정 어린 눈빛은 한 치에 의심도 없어 보였다. 엄마는 마음을 정한 듯했고 오른손에 단단히 쥐어진 녹슨 망치는 머리통 몇 개쯤 함몰시키 기에 충분할 만큼 크고 묵직했다.

작가의 말

학교에 다니는 동안 담임선생님들께 산만하고 집중력이 모자란다는 이야기를 아주 많이 들었습니다. 공부는 안 하고 다른 놀이에나 열중하는 모습이 산만해 보였나 봐요. 나는 돌을 들추면 만날 수 있는 작은 벌레나 달팽이 같은 것들을 좋아했습니다. 높은 둑에 올라가 종일 UFO를 기다리면서 많은 시간을 보냈지요.

언젠가는 공사장에서 죽은 쥐를 발견하곤 어떻게 뼈만 남게 되는지 확인하려고 매일 아침 그곳을 들렀어요. 나는 쥐가 뼈로 변하는 모든 과정을 볼 수 있었고 그것은 몹시 신비로운 경험이었습니다. 나는 뼈를 수습해서 병에 넣은 후 서랍 안에 보관하는 것으로 죽은 쥐를 달래주었어요.

놀이와 학습을 주로 들에서 하던 내게 학교 공부나 숙제, 독서는 감당하기 어려운 것이었습니다. 특히 방학 때 독후감 숙제는 몸이 뒤틀리도록 하기 싫었습니다. 나의 짧은 집중력으로 책에 집중하기란 몹시 어려운 일이었습니다. 생각은 궤도를 잃은 인공위성처럼 본래 책 내용에서 이탈해 안드로메다를 지나 온

갖 상상의 세계를 헤매고 다녔습니다. 어디까지가 책의 내용이
고 어디서부터가 상상인지, 그건 정말 사차원 공간을 다녀온 것
같아서 잠깐의 상상에도 시간은 가고 해는 기울어 낮이었던 방
안이 캄캄해져 있었습니다.

　사차원을 넘나들던 그때의 상상들을 글로 풀어낼 기회가 생
겼어요. 나는 어렵지만 잃었던 길들을 더듬더듬 찾아갔습니다.
어쩔 수 없이 어른이 된 나는 지금의 빈약한 상상력으로 어릴 때
만큼 날아오를 수는 없었지만, 맑은 물에 새빨간 수채화 물감이
번져나가는 듯한 그 어렴풋한 느낌을 따라 최대한 날아봅니다.

　연금술 항아리에서 복제된 사람을 통해 '자아'에 대해 생각해
봅니다. 나는 누군가의 아들이고 신랑이며 아빠이자 동생 그리
고 작가입니다. 한 사람도 이토록 많은 이름으로 살고 또 그 이
름에 맞는 자아가 각기 다른데, 별처럼 많은 사람을 하나하나 구
분하고 의미를 부여하는 '자아'는 어떤 가치에 의해 결정될까요?

　만약 당신이 사랑하는 사람이 항아리에서 쏟아지듯 나온다면
'진짜'를 판단할 수 있는 기준은 무엇일까요?

우렁각시 도슬기

* 남유하 *

원작 《우렁각시》에 대하여

옛날 어느 시골 마을에 농사짓는 젊은이가 살고 있었습니다. 젊은이는 부지런한 덕분에 살림살이가 넉넉했지만 혼자 살고 있어 늘 외로웠지요. 어느 날 밭을 갈던 젊은이는 자기도 모르게 혼잣말을 했습니다.

"이 곡식을 거두면 누구랑 먹고살지?"

그러자 어디선가 목소리가 들렸습니다.

"나랑 먹고살지."

소리가 난 곳에 가보니 사람은 없고 주먹만 한 우렁이 한 마리가 있었습니다. 젊은이는 말하는 우렁이를 집으로 데려와 물 항아리 속에 넣어두었습니다.

다음 날 아침, 젊은이가 일어나보니 먹음직스러운 아침 밥상이 차려져 있었습니다. 다음 날도, 그다음 날에도 마찬가지였지요.

'도대체 누가 나를 위해 이런 일을 하는 걸까?'

궁금한 마음에 밭에서 일찍 돌아온 젊은이는 몰래 숨어 부엌을 지켜봤습니다. 조금 지나자 항아리 속에서 연기가 피어오르더니 어여쁜 낭자가 나오지 뭐예요!

젊은이는 낭자의 손을 덥석 잡고 자신의 각시가 되어달라고 말했습니다. 낭자는 부끄러워하며 자신의 사연을 털어놓았습니다.

"저는 원래 용왕의 딸입니다. 잘못을 저질러 우렁이가 되었어요. 당신의 아내가 되려면 아버지가 용서해주실 때까지 기다려야 해요. 그렇지 않으면 나쁜 일이 생길 수도 있답니다."

젊은이는 우렁각시의 말을 듣지 않고 막무가내로 졸랐고, 우렁각시는 어쩔 수 없이 젊은이의 아내가 되었습니다.

그러던 어느 날, 사냥을 나온 임금이 우렁각시를 보고 첫눈에 반했습니다. 임금은 우렁각시를 빼앗기 위해 젊은이에게 세 가지 내기를 걸었습니다. 평범한 젊은이가 도저히 이길 수 없는 내기였지요. 하지만 젊은이는 용왕의 도움으로 내기에서 모두 이겼고, 마음씨 나쁜 임금은 용왕의 노여움을 사 바다에 빠져 죽게 되었습니다.

그 뒤 젊은이는 임금이 되어 우렁각시와 함께 행복하게 살았답니다.

공원 입구에 들어서는 현우가 보인다. 그렇게 큰 키는 아니지만 길쭉한 팔다리 때문에 늘씬해 보인다. 게다가 하얀 얼굴과 오뚝한 콧날 그리고 갸름한 턱선. 내 남자친구지만 정말 멋있다. 나를 본 현우가 손을 번쩍 들었다. 드라마에서 남자주인공이 그럴 때처럼 샤랄라~ 하는 효과음이 들리는 것 같다.

괜히 쑥스러워 고개를 숙이다가 교복 치마 아래로 드러난 내 다리를 봤다. 그리스 파르테논 신전의 기둥 같은, 굴곡 없이 오동통한 내 다리. 엄마는 나이 들면 저절로 빠지니 걱정하지 말라고 하지만 엄마 다리를 보면 나이 든다고 빠질 것 같지는 않다. 하필 엄마는 오늘 바지를 빨고 난리야. 이럴 줄 알았으면 바지로만 두 벌 사는 건데……. 투덜대는 내게 엄마는 어리면 다 예쁜 거라며 날도 더운데 치마 좀 입고 다니란다. 하지만 나는 엉덩이에 땀띠가 나는 한이 있어도 바지를 입을 거다. 나라고 치마가 시원한 줄 모르는 건 아니다. 나도 다리만 예쁘다면 다른 아이들처럼 교복 치맛단을 짧게 줄여 입고 다니고 싶다. 아니 아예 팬티만 입고 다니고 싶다.

"무슨 생각을 그렇게 해?"

어느새 곁에 다가온 현우가 내 앞에 선 채로 물었다.

"아니, 아무것도."

너한테 어울리는 사람이 되고 싶어서, 다리가 가늘어졌으면 좋겠다고 생각했다고는 죽어도 말 못 한다.

"숙제 다 했지?"

현우가 가방을 벤치 위에 툭 내려놓고 가방 지퍼를 열었다.

"어."

나는 무릎 위에 올려놓았던 작문 숙제를 건네주었다. 현우는 쫓기는 사람처럼 재빨리 받아 가방에 넣더니 좍, 지퍼를 닫았다.

"고맙다. 역시 너밖에 없어."

현우가 내 앞머리를 헝클어뜨리고는 뒤돌아가려 했다. 뭐? 벌써? 숙제만 갖고 간다고? 야, 너 솔직히 말해. 너 나 숙제시키려고 만나는 거지?

짧은 순간 동안 머릿속에 많은 말들이 스치고 지나갔지만 결국 한마디도 내뱉지 못했다.

"어, 어디가?"

"학원."

"학원? 무슨 학원?"

"도슬기, 지금 나한테 따져 묻는 거야? 왜 그래, 촌스럽게."

"아니, 그게 아니라 오늘 금요일인데 무슨 학원……."

"엄마 친구들이 만든 공부방이라 넌 몰라. 간다!"

그렇게 1분도 채 지나기 전에 내 사랑은 가버렸다. 새삼 이상한 일도 아니다. 처음 사귀자고 했을 때를 제외하고는 늘 이런

식이었으니까. 나도 안다. 이건 호구 짓이다. 나는 정현우의 호구다. 호구를 사전에서 찾아보면, 어수룩하여 이용하기 좋은 사람을 비유적으로 이르는 말이라고 되어있다. 그런데 사실 이건 호구의 첫 번째 뜻이 아니다. 첫 번째 뜻은 범의 아가리라는 뜻으로, 매우 위태로운 처지나 형편을 이르는 말이라고 한다. 두 번째 뜻인 것도 어쩐지 호구스러워 사전을 찾아보던 나는 한숨을 쉬었다.

하지만 어수룩하게 이용당하는 걸 알면서도 나는 이런 짓을 멈출 수가 없다. 공식적으로 현우의 여자친구라는 것도 좋고, 무엇보다 현우가 좋다. 아이들이 숙제해주는 여자친구일 뿐이라고 수군대는 것도 알지만 작문 하나 더 하는 것쯤 나한테 어려운 일도 아니다. 그러니 내가 좋아하는 남자친구를 위해 그 정도는 해줘도 되지 않을까?

멍하니 벤치에 앉아있는데 배에서 꼬르륵 물 내려가는 소리가 들렸다. 배가 고팠다. 금요일 저녁이라 같이 햄버거쯤은 먹을 거라 기대했는데. 그래서 수아가 핫도그 먹자는 것도 마다했는데.

나는 공원 건너편에 있는 편의점에 들어가 불닭볶음면을 먹었다. 스트레스에는 매운 걸 먹는 게 최고다. 그렇다고 해도 나는 매운 걸 잘 먹지 못한다. 냄새만 맡아도 매캐한, 새빨간 불닭볶음면을 한입 넣고 습습거리다가 냉장고로 뛰어가 요구르트를 사서

원샷을 했다. 그래도 뱃속에 붙은 불은 꺼지지 않았다. 아깝지만 어쩔 수 없이 남은 라면은 음식물 쓰레기통에 버렸다. 편의점 아르바이트생이 나를 노려보는지 뒤통수가 따끔거렸다.

콧물을 훌쩍거리며 집으로 가는데 익숙한 뒷모습이 보였다. 현우였다. 공원에서 헤어진 지 30분은 지난 것 같은데 왜 아직도 여기 있는 거야? 어쨌거나 반가운 마음에 현우의 이름을 부르려는 찰나 골목에서 누군가 튀어나와 현우의 옆구리에 찰싹 들러붙었다. 괴한이나 유령 같은 거였으면 차라리 좋았을 텐데. 우리 반 세정이었다. 세정이가 현우의 팔짱을 끼자 현우가 세정이의 정수리에 입을 맞춘다. 아주 자연스럽게. 저게 말로만 듣던 정수리 뽀뽀구나. 나한테는 한 번도 안 해줬는데. 벼락을 맞은 기분이었다. 아니 벼락을 맞는 기분이 차라리 나을 것 같았다.

그나저나 엄마들끼리 만든 공부방 운운하더니 세정이랑 만나려고 그런 거였어? 나는 뭐에 홀린 사람처럼 둘의 뒤를 쫓았다. 불륜 현장을 목격하는 아내의 기분이 이런 걸까? 아니면 잠복근무하는 형사? 어느 쪽이든 별로 경험하고 싶지 않은 기분이긴 마찬가지였다.

주택가를 지나고 상가를 지나 시내가 점점 가까워졌다. 불길한 예감이 짙어지더니 둘은 다정하게 팔짱을 낀 채 영화관에 들어갔다. 그리고 자동발매기에서 표를 뽑았다. 저 영화, 나도 보고 싶다고 했던 건데. 자기는 공포 영화 싫어한다고 하더니!

　새록새록 분한 마음이 드는데 둘은 팝콘을 사려는지 매점 앞에 줄을 섰다. 나도 팝콘을 대자로 사서 두 사람 머리에 뒤집어 씌울까 고민하는데 줄을 선 둘의 엉덩이가 아예 하나로 붙어버릴 것 같았다. 진짜 눈꼴사나워서 못 보겠다고 생각하면서도 기둥 뒤에 몸을 숨기고 두 사람을 지켜봤다. 하긴 내가 바로 뒤에 서 있었다고 해도 저 둘은 알아차리지 못했을 것이다. 지금 둘의 눈은 서로를 향한 하트를 발사하느라 바쁘기 때문에. 근데 나 이렇게 가만히 보기만 해도 되나? 엄연히 내가 여자친구인데?

이럴 때는 어떻게 해야 할지 전혀 갈피를 못 잡고 있는데 팝콘과 음료를 든 두 사람, 급기야 에스컬레이터에서 입을 맞췄다. 세정이가 한 칸 위에서 뒤를 돌아보고, 현우는 그런 세정이의 허리를 감싸고, 한두 번 해본 솜씨가 아니다.

으헉! 순간 세정이와 눈이 마주쳤다. 아니, 현우에게서 입술을 떼지 않는 걸 보면 나를 못 봤나 보다. 아니, 어쩌면 더 보란 듯이 그러는 걸까? 어쨌든 쪽팔린다. 쪽팔린 짓을 한 건 쟤들인데 왜 내가 이렇게 얼굴이 뜨거워지는지.

나는 영화관에서 뛰쳐나왔다. 바보 같다. 어디서부터 바보 같은 건지 모르겠다. 두 사람을 따라온 거? 아니면 현우의 숙제를 해준 거? 현우의 숙제 기계에 불과하면서 현우랑 사귄다고 착각한 거?

"학생 어디 아파요?"

회사원처럼 보이는 언니가 친절하게 물었다. 아마도 내가 울고 있었기 때문인가 보다.

"괜찮아요."

나는 무뚝뚝하게 대답하고 빨리 걷기 시작했다. 하지만 시내에는 워낙 사람이 많아 좀처럼 앞으로 나아갈 수가 없었다. 게다가 횡단보도의 빨간 신호는 왜 이렇게 긴지!

드디어 파란 신호가 켜졌다. 훌쩍훌쩍 울며 횡단보도를 건너는데 앞서가던 폐지 할아버지의 손수레에서 종이상자 하나가 떨

어졌다. 나는 얼른 상자를 주워 손수레 위에 올렸다. 그리고 내친
김에 할아버지의 손수레를 밀었다. 할아버지가 힘이 달리는 건
지, 손수레가 워낙 무거운 건지 팔에 쥐가 날 것처럼 힘들었다.
그런데 이상했다. 힘껏 수레를 밀고 있으니 어쩐지 마음이 편해
졌다. 팔은 아프고 숨이 찼지만 수레를 미는 일을 멈추지 않았다.

　얼마나 수레를 밀었는지 모르겠다. 할아버지와 나는 시내를
벗어나 주택가로 들어왔다. 좁은 골목 어귀의 오래된 단층집 앞
에서 할아버지가 멈췄다. 그러더니 수레 뒤쪽으로 왔다.

　"요즘에도 이렇게 착한 학생이 있네. 덕분에 수월하게 왔어."

　"아니에요. 제가 뭘요."

　손사래를 치는데 할아버지가 주머니를 뒤적거렸다.

　"내가 너무 고마운데 줄 건 없고."

　"아니에요. 전 정말 괜찮아요."

　이러다 할아버지 주머니에서 꼬질꼬질한 사탕이라도 나오면
곤란하다. 비닐포장지가 사탕에 눌어붙은 꼬깃꼬깃한 사탕을 받
기라도 한다면 먹기도 찜찜하고, 그렇다고 버리기에도 죄스럽
다. 그러니까 할아버지가 그냥 드시는 게 좋다. 돌아서 도망치려
는데 할아버지의 주머니에서 나온 건 우렁이였다. 정확히 말하
면 우렁이 껍데기였다.

　"이거라도 주고 싶어서."

　"아, 네. 감사합니다."

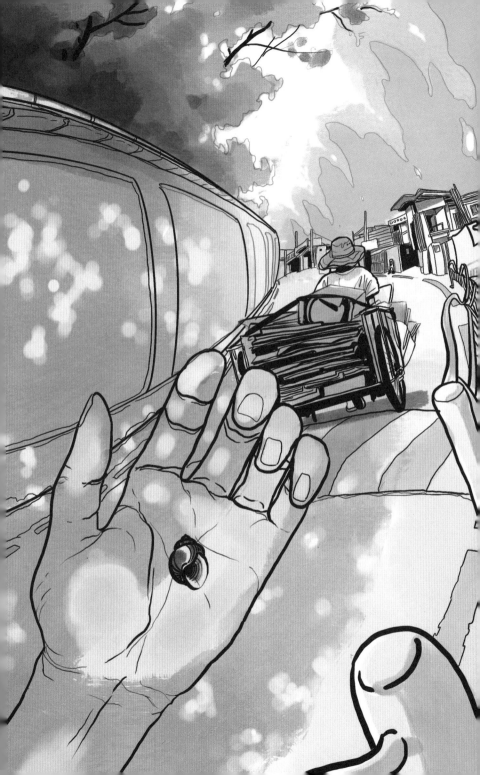

마지못해 손바닥을 내밀었다.

"전 이만 가볼게요."

"그래, 학생. 잘 가요. 복 받을 거야."

할아버지가 웃는 얼굴로 말했다. 그 얼굴이 하회탈을 닮아서 나도 어설프게 웃고 돌아섰지만 우렁이 껍데기를 손에 쥐고 가다 보니 어쩐지 화가 났다. 누구는 지금 팝콘을 먹으면서 영화관에서 데이트하는데, 나는 할아버지 수레나 밀고 아무짝에도 쓸모없는 우렁이 껍데기나 받는구나. 차라리 오래된 사탕이 나을 뻔했어. 내 신세가 우렁이 껍데기처럼 처량했다. 알맹이도 없는 껍데기. 젠장, 나는 우렁이 껍데기를 도로 옆 화단에 휙 던져버렸다. 그때였다. 발밑이 쑥 꺼졌다. 아, 오늘 운수 최악. 이런 게 싱크홀이구나. 난 죽는 걸까? 아래로, 아래로 빠져들어 가는 짧은 시간 동안 별별 생각이 다 들었다. 하지만 주마등처럼 내 인생이 마구 눈앞에 흘러가지는 않았다. 그래, 거짓말일 줄 알았어. 그런 건 영화에서나 나오는 거지.

어둡다. 좁다. 어둡고 좁다. 엄마 자궁 속의 태아 자세처럼 잔뜩 웅크린 채 꼼짝도 할 수 없다. 원래 싱크홀이 이렇게 좁은가?

손도 뻗을 수 없다. 아니, 손이 없다. 왜? 어째서? 아래로 떨어지면서 기절한 건가? 꿈이라기엔 너무 생생하잖아. 미치겠네. 마음만 펄쩍펄쩍 뛰고 몸은 꿈쩍도 하지 않는다. 으악! 소리를 질러도 목소리가 나오지 않는다. "어쩌라고!" 외치는데 펑 하는 소리가 나더니 매캐한 냄새가 코를 찔렀다. 그리고 나는 싱크홀이 아닌 항아리 속에서 튀어나왔다. 분명 물속에서 나왔는데 내 몸은 젖지도 않았다. 곱게 한복까지 입고 있다. 게다가 내 몸이 항아리보다 훨씬 큰데 항아리는 깨지기는커녕 금도 가지 않았다.

여기가 어디지? 얼른 주변을 둘러봤다. 사극에서나 봤던, 부뚜막이 있는 옛날식 부엌이었다. 가마솥이 있고, 아궁이에는 불씨가 살아있었다. 그렇다면 여기는 조선시대? 내가 타임슬립을 한 건가? 그런데 조금 전에는 왜 항아리에 들어가 있었지? 나는 항아리 안을 들여다봤다. 항아리 안에는 우렁이 껍데기가 들어 있었다. 폐지 할아버지가 준 우렁이 껍데기였다. 우렁이, 항아리, 부뚜막……. 어디서 많이 들어본 키워드 같은데……. 으악, 우렁각시 이야기잖아? 그럼 내가 우렁이, 우렁각시가 됐단 말이야?

가만, 이게 바로 말로만 듣던 책 빙의라는 건가? 내 짝 수아는 로맨스 판타지 덕후이다. 그래서 주워들은 풍월이 있는데 주인공이 자기가 쓴 책이나 자기가 읽던 책 속으로 들어가는 걸 책 빙의라고 한다고 했다. 대개는 악역이 되거나 왕비가 된다거나 한다는데. 나는 고작 우렁각시라니. 그나저나 어떻게 해야 여기서 나갈 수 있지? 지피지기면 백전백승이라고, 일단 우렁각시의 줄거리를 떠올려봤다.

옛날 어느 마을에 혼자 사는 젊은이가 있었어요. 어느 날 밭을 갈던 젊은이가 혼잣말을 했어요.

"이 곡식들을 거두면 누구랑 같이 먹고살지?"

"나랑 같이 먹고살지."

소리가 난 곳에 가보니 우렁이 한 마리가 있었어요. 젊은이는 고개를 갸웃거리며 우렁이를 가져와서 부엌에 있는 물 항아리 속에 넣어두었지요.

다음 날 아침, 젊은이가 일어나보니 맛있는 아침 밥상이 차려져 있었어요.

"이상하다. 누가 밥상을 차려놓았을까?"

젊은이는 너무나 궁금했어요. 그런데 다음 날에도 그다음 날에도 맛있는 밥상이 차려져 있었죠. 도대체 무슨 일이 일어나는 걸까?

젊은이는 몰래 숨어서 부엌을 지켜봤어요. 그랬더니 항아리에서 연기가 피어오르더니 어여쁜 낭자가 걸어 나오지 뭐예요?

젊은이는 우렁각시의 손을 덥석 잡고 말했어요.

"내 각시가 되어주세요."

"지금은 아니 되어요."

"왜 안 된다는 것이오?"

"사실 저는 용왕님의 딸입니다. 큰 잘못을 저질러 용궁에서 쫓겨 났어요. 아버지가 용서해주면 당신의 아내가 될 수 있답니다."

하지만 젊은이는 우렁각시의 말을 듣지 않았어요. 결국 우렁각시 는 젊은이의 아내가 되었지요.

그다음에는 사냥을 나왔던 임금이 우렁각시를 보고 첫눈에 반해 우렁각시를 빼앗기 위해 젊은이와 내기를 하지, 아마. 가만, 근데 우렁각시가 당장은 결혼 못 한다고 했는데 우격다짐으로 결혼했다는 거잖아? 이 젊은이 나쁜 인간이네. 옛이야기를 떠올 리고 혼자 씩씩대는데 꼬르륵, 배가 고팠다. 아까 편의점에서 불 닭볶음면을 고르는 게 아니었어. 얼큰한 국물이 있는 사발면을 먹는 건데. 나는 가마솥을 열어봤다. 밥은커녕 누룽지, 밥풀 하나 없이 말끔했다. 예상은 했지만 막막했다. 이럴 줄 알았으면 엄마 말대로 전기밥솥에 밥이라도 지어보는 건데. 그래도 엄마가 하 는 걸 본 적은 있다.

나는 쌀가마니에서 퍼낸 쌀을 씻었다. 어라, 누군가가 조종하 는 것처럼 쌀 씻는 손이 야무지다. 분명 내 손인데…… 신기해 하며 가마솥에 물을 붓고, 쌀을 넣고, 아궁이의 불씨를 살렸다. 장작이 타오르고 물이 끓자 제법 구수한 냄새가 났다. 그건 그렇 고 반찬은 없나? 냉장고는 당연히 없고……. 뒷문으로 나가자 텃 밭이 나왔다. 여러 가지 풀이 있었지만 모르는 것투성이라 내가 알아볼 수 있는 고추와 상추를 뜯어왔다. 그리고 장독대로 가서 된장을 퍼왔다. 밥은 좀 탄내가 나긴 했지만 그런대로 먹을 만했다. 부뚜막 위에 있던 작은 상에 밥과 반찬을 차려놓고, 상추쌈에 된장을 넣고 한입 크게 싸 먹으려는데 웬 남자가 방으로 들어왔다. 순간 나는 항아리 속으로 빨려 들어갔다. 다시 우렁이가 되어버린 것이다.

"어, 누가 내 밥을 차려놨네?"

남자가 혼잣말을 했다. 그거 내가 먹을 밥이라고! 나는 항아리 속에서 침만 삼켰다.

하필이면 나는 왜 우렁각시 이야기 속으로 들어왔을까? 그 할아버지가 준 우렁이 껍데기를 던져버렸기 때문일까? 아니 애당초 내가 호구이기 때문에 여기 온 게 아닐까? 사실 우렁각시도 따지고 보면 호구 중의 호구이다. 남자가 억지로 결혼하자고 한다고 결혼하고, 남자가 임금과 내기를 할 때도 용왕님이 도와준다. 용왕님의 아이템 때문에 남자가 내기에 이긴 거지, 남자 스스로 한 일은 없는 거다. 그건 그렇고, 나는 앞으로 어떻게 될까? 이 항아리 속에서 평생 우렁이로 사는 게 아닐까? 전래동화 속 이야기처럼 저 남자와 결혼을 해야 하나?

이런저런 고민을 하는데 자꾸만 눈이 감겼다. 나는 우렁이가 된 채 항아리 속에서 스르륵 잠이 들었다.

다음 날 아침, 남자가 나가자 나는 항아리에서 튀어나왔다. 아무래도 내 의지대로 들어갔다 나왔다 하는 건 아닌 듯했다. 어제 먹다 남은 밥이 있는지 가마솥을 열어봤다. 다행히 밥이 남아있었다. 나는 손으로 밥을 집어 밥상 위에 남은 상추 위에 올렸다. 쌈을 입에 넣으려는데 텃밭으로 이어진 뒷문을 열고 남자가 성큼 들어왔다. 에라, 모르겠다. 다시 항아리 속으로 빨려 들어가기 전에 쌈이나 한입 먹자. 쌈을 입에 욱여넣었는데 남자가 다가와 내 손을 덥석 잡았다.

"어제 밥을 차려준 게 낭자였소?"

"어버버.(아니 밥을 차려준 게 아니라 내가 배가 고파서.)"

"낭자, 내 각시가 되어주시오."

나는 상추쌈을 꿀꺽 삼켰다. 눈물이 찔끔 나왔다.

"아니, 아저씨. 우리가 언제 봤다고 결혼을 한다는 말이에요?"

"결혼?"

"아, 혼인, 혼인이요."

"보지 않고도 혼인을 하는 부부가 많은데 우리는 이렇게 만나다니 큰 인연이 아니오."

큰일이다. 옛이야기대로라면 나는 이 남자와 결혼을 하게 된다. 어떻게든 그런 불상사만은 막아야 한다.

"낭자도 내게 호감이 있으니 밥을 차려준 게 아니오?"

"그, 그게 아니라…… 맞다. 저 결혼, 혼인 못 해요. 저 미성년자예요."

"미성, 뭔 자요?"

"미성년자요. 그러니까 아직 스무 살이 안 됐다고요."

"그건 나도 마찬가지요."

"네?"

"나도 올해 열여덟이란 말이오. 근데 낭자는 몇 살이오?"

다시 보니 아저씨가 아니라 고등학생쯤 되는 오빠로 보인다. 옛날 사람이라 한복을 입고 머리를 땋고 있으니 나이를 알아볼 수가 있나. 그러고 보니 남자는 까무잡잡하지만 이목구비가 오밀조밀하고 턱선이 고운 게 농부보다는 선비가 더 어울릴 것 같았다. 이것도 물론 편견이겠지만.

"열다섯이오."

"열다섯이면 그리 이른 나이도 아니건만."

"아무튼, 혼인은 못 합니다."

남자가 시무룩해졌다. 막무가내로 생떼를 쓰지 않아 다행이었지만 금방이라도 큰 눈에서 눈물이 떨어질 듯했다. 안 돼, 도슬기. 저런 표정에 마음 약해지지 말자.

"저는 돌아갈 곳이 있습니다."

"어디를 간단 말이오?"

"저는 사실 용왕님의 딸입니다. 아버지에게 벌을 받아 인간 세상에 우렁이의 모습으로 내려오게 되었지요. 착한 일을 하면 다시 사람이 될 수 있다고 했습니다. 그래서 그쪽을 도와드린 것뿐

그쪽과 혼인할 생각은 추호도 없습니다. 아니, 우리가 혼인하면 아버지의 저주를 받아 이 집이 불타버릴 것입니다."

나는 내 작문 실력을 십분 발휘해 이야기를 만들었다.

"불에 타다니 그게 무슨 말이오? 용왕님이…… 불을 다스린 단 말이오?"

이 오빠, 순하게 생겼는데 보기보다 예리하다.

"제, 제 말은 물에 잠길 것입니다."

"그럼 어떻게 하면 좋소?"

어떻게 해야지? 어떻게 해야 이야기에서 빠져나와서 내가 살 던 곳으로 돌아갈 수 있을까? 그래, 일단 우렁이 껍데기를 찾아 보자. 나는 항아리 안을 들여다보았다. 그런데 우렁이 껍데기가 없다. 어제 분명 항아리 속에 있었는데. 어디로 간 거야?

"뭘 찾고 있소?"

"아닙니다. 혹시 저를 어디에서 주워오셨습니까?"

혹시나 해서 내 기억에는 없지만 동화 속에 있는 이야기에 대 해 물어봤다.

"내가 갈던 밭에서 주워왔소만."

"그럼 저를 주워온 곳으로 데려가 주세요."

"그럼 내 각시가 되어줄 수 있소?"

아, 이 남자 머릿속에는 오직 결혼밖에 없나 보다. 하긴 이 캐 릭터의 목적은 우렁각시와 결혼하는 거니까 그래야 하나? 아니야, 도슬기. 휘둘리지 말자.

"아까 말씀드렸듯이 우리가 혼인하면 용왕님의 저주를 받게 됩니다."

"나는 잘못한 게 없는데 용왕님이 왜 노하신단 말이오. 가능하다면 내가 직접 아버님을 찾아뵙고……."

남자가 고집을 부렸다.

아니 근데 이 남자가 나를 언제 봤다고 자꾸 혼인하자는 거야.

"저는 말입니다. 혼인은 사랑하는 사람끼리 해야 한다고 생각합니다!"

"난 낭자를 사랑하오."

"예에?"

"낭자를 본 순간 첫눈에 반했소. 그럼 아니 되오?"

나를 보고 첫눈에 반했다고? 이 아저씨 아니, 이 오빠가 근시가 심한가.

"이렇게 아름다운 여인을 어찌 사랑하지 않을 수가 있단 말이오."

"그건 외모……."

외모지상주의라고 하려다가 또 못 알아들을 것 같기도 하고, 솔직히 잘생긴 남자가 아름답다고 하니까 기분이 나쁘지는 않았다. 사실 내가 객관적으로 예쁜 얼굴은 아니다. 하지만 애들이 미인이라며 놀리기는 했다. 신윤복의 미인도를 닮았다며. 쌍

꺼풀 없는 눈, 작은 코, 작은 입. 정말 이 시대 미인의 기준은 내 얼굴인가?

"사랑하는 사람일수록 상대의 의사를 존중해야 하는 법이지요."

"낭자 말이 맞소. 낭자는 아름다운 데다 박식하기까지 하시니 꼭 내 아내가 되어주면 좋겠구려."

"그놈의 아내 타령, 한 번만 더 하면 저는 접싯물에 코를 박고 죽겠소."

"낭자는 우렁이가 아니오? 물에 코를 박아도 죽지 않을 것이오."

"아, 그럼 혀 깨물고 죽을 테니 그리 아시오!"

"허어, 왜 그리 독한 말을 하고 그러시오. 알았소이다. 내 혼인하자는 말 안 하고, 낭자의 털끝 하나 건드리지 않겠소. 안심하시오."

"그럼 저를 도와주시렵니까?"

"물론이오. 도와주겠소."

남자가 조이 같은 눈으로 나를 보며 말했다. 조이는 우리 집 강아지이다.

"그럼 약속, 약조했소."

나는 최대한 사극에 나오는 말을 따라 했다. 남자가 고개를 끄덕였다.

"이왕 이리된 거 통성명이나 합시다. 나는 도슬기라고 하오."

"슬기 낭자. 나는 김바우라고 하오."

바우라니 전래동화에 딱 어울리는 이름이다. 나는 웃음이 터져 나오는 걸 참느라 다소곳한 척 고개를 떨어뜨렸다. 꾸르륵, 또 뱃속이 요동을 쳤다. 아무리 이야기 속 세상이라지만 밥은 좀 먹어야겠다.

"저 배가 고픈데…… 밥을 좀 먹을 수 있을까요?"

"아, 당연한 말을. 한데 지금 찬밥밖에 없으니 이를 어쩐다."

"괜찮아요. 저 찬밥도 잘 먹어요."

"슬기 낭자가 많이 시장한가 보오. 그럼 먼저 식사하고 계시오. 제가 된장국을 끓여드리리다."

내가 정신없이 상추쌈을 먹는 사이 바우는 텃밭에서 배추를 뜯어와 된장국을 끓여주었다. 자취 경력이 오래돼서 그런지 국맛이 아주 훌륭했다.

"어제는 낭자가 차려준 밥을 먹고 기분이 좋았는데 내가 끓인 국을 맛있게 먹는 낭자를 보니 어제보다 더 기분이 좋구려."

바우가 흐뭇한 얼굴로 나를 바라봤다. 그래, 꼭 우렁각시가 밥을 차려주란 법은 없는 거야.

바우의 행동이 변했다는 건 내가 이야기 속 세상을 바꿀 수 있다는 의미이다. 약간의 자신감과 희망이 생겼다. 이야기를 바꿔나가다 보면 집으로 돌아갈 방법을 찾을 수 있을 것이다. 아니, 꼭 찾아야만 한다.

"바우 오라버니, 덕분에 잘 먹었어요. 아니 잘 먹었소."

오라버니라는 말을 들은 바우의 얼굴에 환한 미소가 피어났다. 현우의 미소는 언제나 좀 썩은 미소처럼 보였는데 바우의 미소는 순도 100퍼센트, 사람의 마음을 편하게 하는 미소였다. 가만, 내가 왜 바우를 현우랑 비교하고 있지? 그러고 보니 이름이 '우'자 돌림이네. 아니야, 내 이럴 때가 아니지. 흠흠, 나는 목을 가다듬고 말했다.

"어서 나를 처음 만난 곳으로 데려가 주시오."

"벌써 떠나려는 것이오? 우리 집에서 하룻밤만 머물면 안 되겠소?"

바우의 목소리에 서운함이 묻어났다. 솔직히 나도 조금은 서운했다. 이제 막 친해지려는 참인데. 내 평생 이런 일이 또 일어나란 법도 없고……. 하루만 있다가 가볼까? 아니야, 지금은 저렇게 순해 보여도 밤이 되면 늑대로 변할지도 몰라. 나는 단호히 고개를 저었다.

"용왕님이 노하기 전에 빨리 돌아가야 합니다."

"알았소."

바우가 또 시무룩한 얼굴로 말했다. 조이가 엄마한테 혼났을 때 짓는 표정과 닮았다. 아, 이 남자, 은근 멍뭉이 매력 쩌네. 바우는 연속으로 한숨을 내쉬더니 결심한 듯 자리에서 일어났다.

"알겠소. 그럼 해가 저물기 전에 어서 가봅시다."

"고맙소. 아니 고맙습니다."

"괜찮소. 용궁에서는 여인들도 사내 말투를 쓰나 보오."

앞장서서 집을 나서던 바우가 나를 돌아보며 말했다. 사내 말투가 아니라 어설픈 사극 말투요. 나는 바우에게 어색한 미소로 화답했다. 그러자 바우의 얼굴에 또다시 환한 미소가 피었다. 심장이 쿠당탕, 어디에 걸려 넘어진 것처럼 요동쳤다. 으이그, 이 놈의 심장은 그저 잘생긴 남자만 보면 맥을 못 추지. 긴장해, 도슬기. 긴장하라고.

바우가 일하는 밭은 걸어서 5분 정도 거리에 있었다. 초여름이라 그런지 밭에는 수박, 참외 같은 과일들이 탐스럽게 열려있었다.

"우와, 맛있겠다."

나도 모르게 중얼거렸다.

"낭자, 수박 좀 드시겠소?"

"아니요, 일단 우렁이부터 찾아야 하오."

"뭘 찾는다고 했소?"

"우렁이 껍데기요. 그게 있어야 용궁으로 돌아갈 수 있어요. 우렁이를 어디서 주웠다고요?"

"아, 이쪽으로 오시오."

바우가 허리를 굽히고 밭두렁 사이를 살폈다. 나도 덩달아 살폈지만 우렁이 껍데기는커녕 다슬기 하나도 보이지 않았다. 하긴 우렁이 껍데기를 찾는다고 해도 그것만으로 여기서 빠져나갈 수 있을지는 알 수 없지만 말이다.

"분명히 이 근처였는데……."

바우가 땅속으로 파고들어 갈 것처럼 우렁이 껍데기를 열심히 찾았다. 나도 질세라 고무신 신은 발로 습한 흙을 제치는데 발끝에서 뭔가가 꿈틀했다.

"으악, 뱀이다!"

양팔을 휘저으며 뒤로 넘어가려는 순간 바우가 내 손목을 움켜쥐었다. 울렁, 심장이 또 요동쳤다. 바우는 내 손목을 잡은 채 뱀을 쫓으려 한쪽 고무신을 벗어들었다. 꼴깍, 마른침이 넘어갔다. 그런데 잔뜩 경계하던 바우가 하핫, 웃음을 터뜨렸다.

"저건 토룡이 아니오."

"토룡? 지렁이 말이오?"

"그렇소. 우리 낭자가 왕지렁이에 놀랐구려."

바우의 손이 내 손목에서 손으로 내려왔다. 밭일 때문에 거칠었지만 내 손을 잡는 손길만큼은 부드러웠다. 바우가 촉촉한 눈으로 나를 바라봤다. 아, 이거 심상치 않은 분위긴데? 바우의 분홍빛 입술이 줌인 한 것처럼 크게 보였다. 어, 어떡하지?

"우, 우리 수박 먹어요."

나는 슬그머니 바우의 손을 놓고 밭에서 가장 커다란 수박을 가리켰다. 바우는 몇 초간 멍한 얼굴로 나를 보더니 곧 시원한 미소를 지었다. 그리고 초록색이 선명한 수박 하나를 따왔다.

"이놈이 제일 달게 생겼소. 우물에 넣었다 먹으면 더 시원할 텐데, 이를 어쩌나."

바우가 수박을 들고 고개를 갸웃하는데 숲에서 소란스러운 소리가 들렸다. 말발굽 소리, 사람들의 말소리였다. 이 숲속에 웬 사람? 불길한 예감이 들 새도 없이 눈앞에 한 무리의 말 탄 사람들이 나타났다. 번쩍거리는 갑옷, 임금이 분명했다. 아니, 그런데 임금이 왜 여기서 나와? 원래 이야기에서는 우렁각시가 젊은이랑 결혼해 살다가 새참을 가져다줄 때 만나지 않나? 그보다 나는 바우랑 결혼을 안 했으니 임금을 만날 이유가 없어야 하는 거 아닌가?

"오호, 참으로 아름다운 여인이로구나!"

임금이 하얀 말에서 내리며 큰 소리로 말했다. 으악, 머리가 아찔했다. 바우랑 결혼도 안 했는데 임금이 바우에게 내기를 걸면 어떻게 되는 거지? 모르겠다. 그렇게 되면 무슨 일이 일어날지 모르겠어. 바우가 용왕을 찾아가 아이템을 얻고, 내기에서 이기고, 임금이 되어 이 나라를 다스리나? 안 돼. 그럴 순 없어.

"아름다운 여인아, 나의 후궁이 되어주지 않겠느냐?"

후궁? 저 아저씨가 미쳤나. 나 미성년자라고. 하지만 그런 말을 해봐야 이 세계에서는 안 먹힌다. 어쨌든 동화대로 가는 건 막아야 한다. 나는 그냥 막 나가보기로 했다. 설마 이 시대 절세 미인을 사형이야 시키겠어?

"어허, 임금이라면 나라나 잘 다스릴 것이지. 어디 남의 아녀자를 탐하시오!"

"뭐야? 네 이년. 어느 안전이라고!"

임금의 옆에 있던 남자 – 호위무사인 것 같았다 – 가 나를 향해 눈을 부릅떴다. 임금이 나를 보며 허허 웃더니 수염을 쓰다듬었다.

"괜찮다. 이 여인이야 절개가 곧아서 그런 것이고, 모든 잘못은 저놈에게 있느니라."

임금은 손가락으로 바우를 가리켰다.

"저놈을 당장 옥에 가둬라!"

임금의 명령에 호위무사들이 바우를 묶었고 그 바람에 바우의 손에 있던 수박이 떨어져 박살이 났다. 달콤한 수박 냄새가 사방에 진동했지만 호위무사들은 눈 하나 깜짝하지 않고 바우를 끌고 갔다. 아니, 궁까지 걸어서 갈 셈인가? 여기는 아무리 봐도 첩첩산중인데 이 산골 마을 근처에 궁이 있단 말이야? 하긴 한양에 궁궐이 있다면 이렇게 멀리 사냥을 나왔을 것 같지는 않고…… 뭔가 이상한데…….

그렇다. 여기는 조선시대가 아니다. 이야기 속 세상일 뿐이다. 갑자기 두꺼비가 나타나 콩쥐를 도와주고, 지나가던 스님이 공양미 300석을 바치면 아버지의 눈을 뜨게 해준다고 말하는, 개연성이라고는 하나 없는 옛날이야기 말이다.

나는 밧줄에 묶이지만 않았지 반강제적으로 임금의 말에 타고 궁으로 끌려갔다. 임금이 나를 자기 앞에 태우고 가는 것도 몹시 불쾌했지만 그것보다 생전 처음 타보는 말이라 엉덩이가 아파 죽을 지경이었다.

드라마 세트장을 꾸며놓은 것처럼 얼마 가지 않아 궁궐에 도착했다. 그래도 세트장처럼 허술하게 만든 게 아니라 제대로 된 으리으리한 궁궐이었다.

"이 여인을 단장시켜 내 처소에 들게 하라."

임금이 신하들에게 말하고는 바우를 보며 소리쳤다.

"그리고 저놈은 당장 옥에 집어넣어라. 내일 아침에 목을 칠 것이다!"

그러자 신하들이 "예, 전하."라고 합창하고는 바우를 끌고 갔다.

"슬기 낭자, 슬기 낭자!"

바우가 애처롭게 나를 불렀다. 내일 아침에 목을 친다고? 바우가 죽다니 그건 안 될 말이다. 함부로 앞에 나서는 게 아니었는데 이제 어떻게 해야 하지? 반쯤 넋이 나가 경복궁 구경하듯 궁궐 앞에 뻣뻣이 서 있는데 어디선가 무수리들이 나타나 나를 데리고 후궁전으로 갔다. 그리고 나무로 된 방에 들여보냈다. 한가운데 커다란 나무통이 있는 걸 보니 목욕탕인 듯했다. 무수리들은 나무통에 더운물을 채우더니 내게 다가와 옷을 벗기려 했다.

"어디 감히 내 몸에 손을 대느냐! 나는 용왕의 딸이다."

아까 임금에게 돌직구를 날리는 바람에 일이 꼬였으니 어디

갈 데까지 가보자는 심정이었다. 다행히 작전이 먹혔다. 모두가 놀라 눈이 휘둥그레진 것이다. 내 목소리가 커서 그런지 용왕의 딸이라는 말 때문인지는 모르겠지만. 나는 그 틈을 타 목욕탕을 빠져나왔다. 그리고 거추장스러운 치마를 말아 올리고 뛰기 시작했다. 그러면서도 머릿속으로 우렁각시의 줄거리를 생각했다. 임금이 젊은이에게 내기를 걸고, 젊은이는 용왕의 도움을 받으러 바다로 갔다. 산골에서 바다까지 어떻게 갔다는 얘기는 없다. 그래, 달리다 보면 바다가 나올 것이다. 이 세계에서는 믿으면 그렇게 된다. 하지만 아무리 달리고 달려도 눈앞에 펼쳐진 건 허허벌판뿐이었다. 마치 멸망한 후의 지구를 보는 것 같았다. 왕의 신하들이 쫓아오는지 말발굽 소리가 점점 가까워졌다.

이제 다 끝난 건가? 바우가 나 때문에 죽게 되는 거야? 그냥 옛이야기대로 결혼할 걸 그랬나?

눈물이 고여 눈앞이 부예졌다. 망했다. 난 망했어. 두 눈을 질끈 감았다가 떴다. 순간 눈앞에 바다가 나타났다. 조금 전까지 허허벌판이었던 곳에 푸른 바다가 넘실대고 있었다.

"용왕님, 절 도와주세요!"

가슴 앞에 손을 모으고 간절히 외쳤다. 그러자 바닷속에서 감투를 쓴 거북이가 나타나더니 두 발로 일어서 내게 다가왔다.

"어서 타십시오. 용궁으로 모시겠습니다."

주저할 틈이 없었다. 나는 거북이의 등에 탔다. 바닷속으로 들

어가자 비눗방울 같은 막이 우리를 감쌌다. 아, 이런 원리로 《별주부전》의 토끼가 바닷속에서도 숨을 쉴 수 있었구나. 새삼 감탄하며 거북이 등에서 떨어지지 않으려 중심을 잡았다.

"자, 도착했습니다."

거북이가 느릿느릿 말했다. 각양각색의 산호와 진주, 번쩍이는 기둥들, 용궁은 임금의 궁궐보다 1,000배는 더 으리으리했다.

"여기서부터는 저를 따라오십시오."

나는 거북이 등에서 내렸다. 거북이는 감투를 고쳐 쓰더니 에헴, 헛기침을 하며 앞장섰다. 그러자 성문을 지키고 있던 갈치들이 거북이를 향해 일제히 경례했다. 거북이는 꽤 직책이 높은지 성안에 있던 가자미들과 오징어도 한결같이 거북이에게 고개를 숙였다. 슬슬 다리가 아파질 즈음 거북이와 나는 왕좌 앞에 다다랐다.

"폐하, 공주마마가 오셨습니다."

거북이의 말에 커다란 부채로 얼굴을 가리고 있던 용왕이 모습을 드러냈다. 어라, 폐지 할아버지잖아. 할아버지가 용왕이었어? 그렇다면 내가 여기 오게 된 것도 설명이 되는 것 같기도 하다. 아니지, 내가 용왕을 도와줬는데? 그에 대한 보답으로 이런 개고생을 시킨단 말이야?

"할아버지, 이게 어떻게 된 거예요?"

"어허, 할아버지라니. 이 녀석이 뭍에 다녀오더니 네 아비도 몰라보는 게냐?"

"할아버지가 저한테 우렁이 껍데기 주셨잖아요. 그래서 제가
우렁각시 된 거 아니에요?"

"이 녀석이 그렇게 벌을 받고도 정신을 못 차렸구나."

할아버지는 계속 시치미를 뗄 생각인가 보다. 할아버지를 도
와준 사람한테 도대체 왜 이러냐고 따지고 싶었지만 일단은 바
우를 살려야 하니 장단을 맞춰주기로 했다.

"아버님, 제 낭군이 죽게 생겼습니다. 아버님의 말씀을 듣지
않고 혼인을 하여 화를 입게 되었으나 어찌 백년가약을 맺은 낭
군님을 저버릴 수 있겠습니까?"

낭군이라고 말할 때마다 닭살이 돋으면서도 바우의 선한 얼
굴이 머릿속을 스쳐 갔다.

"그럼 이걸 줄 테니 위급할 때마다 하나씩 쓰도록 하여라."

할아버지, 아니 용왕이 주먹만 한 복주머니를 건네주었다. 안
에는 구슬 세 개가 들어있었다. 여의주같이 영롱하고 기이한 빛
을 띠는 구슬이었다. 젊은이가 임금과 내기를 할 때 구슬을 던졌
던가? 아닌 것 같은데…… 사실 우렁각시 이야기의 뒷부분은 잘
기억이 나지 않는다. 젊은이가 내기에서 이겨 임금이 되고 우렁
각시와 행복하게 산다는 것밖에는. 하긴 지금은 내기 상황이 아
니니 구슬이면 어떻고 호리병이면 어떻겠어.

나는 다시 거북이의 등에 올라타고 육지로 돌아왔다.

"구슬을 잘 쓰면 뜻하는 바를 이룰 것입니다."

거북이가 감투를 손에 벗어들고 말했다.

"위급할 때 쓰라면서요?"

"그렇습니다. 마마에게 위급한 상황이 무엇인지 현명하게 판단하기 바랍니다."

"알겠습니다. 감사합니다."

거북이는 다시 감투를 쓰더니 푸른 바닷물 속으로 유유히 헤엄쳐 갔다. 위급한 상황을 잘 판단하라는 말이겠지. 한숨을 쉬고 궁궐을 향해 발길을 돌렸다.

"마마가 돌아오셨어!"

"마마가 오셨습니다!"

궁궐로 돌아가자 무수리들이 호들갑을 떨며 나를 맞아주었다.

"마마, 어서 목욕을 하셔야죠."

정말 내키지 않았지만 나무통에 들어가 목욕을 하고 예쁜 한복으로 갈아입었다. 그리고 임금의 처소로 갔다. 물론 두 개의 구슬이 들어있는 주머니는 속치마에 잘 매달았다. 걸을 때마다 서로 부딪혀 달각거리는 소리가 나는 바람에 가슴 밑을 지그시 왼손으로 누르고 걸어야 했다. 한 개는 내 오른손 안에 있었다.

"아, 드디어 내 후궁이 돌아왔군."

임금의 처소에는 주안상이 차려져 있었다. 밥에 쌈만 먹고 온종일 돌아다녔더니 기름진 산적과 전을 보자 침이 꼴깍 넘어갔다. 그런데 옆에서 꿀꺽 하는 임금의 침 삼키는 소리가 들렸다. 어…… 이 아저씨 진짜 변태 같네. 오소소, 소름이 돋았다.

"거기 앉거라."

임금이 주안상 옆의 방석을 가리키며 말했다. 나는 얼른 산적 꼬지 하나를 집어 입에 넣었다.

"허허, 먹는 것도 복스럽구나."

맞은편에 앉아있던 임금이 무릎으로 슬금슬금 다가왔다. 다음은 내 옷고름을 풀려 할 것이다. 에잇, 나는 임금을 향해 손에 쥐고 있던 구슬을 던졌다. 그러자 구슬에서 커다란 문어가 튀어나왔다. 문어는 기다란 다리로 임금을 휘감았다.

"이, 이게 대체……."

꼼짝없이 몸이 묶인 임금은 화를 내다가도 문어의 다리가 꿈틀거릴 때마다 흐웅흐웅 이상한 소리를 내며 웃었다.

"뭐 하는 게냐. 이 요상한 걸 어서 치우지 않고!"

"전하, 앞으로는 남의 아녀자를 넘보지 말고 나라를 잘 다스리는 데 힘쓰시길 바랍니다."

"알았다. 그러니 어서 이걸 좀…… 흐웅, 흐으웅……."

나는 임금의 처소에서 빠져나와 바우가 갇혀있는 감옥으로 향했다. 긴 복도를 가로지르는 동안 내관들과 상궁들이 나를 막았다. 두 번째 구슬을 쓰려 했지만 현명하게 판단하라는 거북이의 말이 떠올라 최대한 내 힘으로 헤쳐나가기로 했다. 다행스럽게도 내관과 상궁의 전투력은 그다지 높지 않아 내 튼튼한 다리로 발길질을 몇 번 하니 픽픽 쓰러졌다.

"웬 놈이냐!"

감옥 앞으로 가자 수문장들이 나를 가로막았다. 그들이 들고 있는 날카로운 창이 번쩍 빛났다. 내관들과 상궁들처럼 발길질로 물리칠 수는 없을 것이다. 나는 두 번째 구슬을 던졌다. 그러자 이번에는 구슬에서 수많은 성게가 튀어나왔다. 성게들은 수문장들의 얼굴과 목, 손등에 마구 달라붙었다.

"아이고, 나 죽네!"

성게에 쏘인 수문장들이 바닥에 쓰러져 데굴데굴 굴렀다. 나는 수문장의 허리춤에서 열쇠를 빼앗아 들고 바우가 갇힌 감옥으로 갔다. 바우는 머리가 잔뜩 헝클어진 채 목에 칼을 차고 있었다.

"슬기 낭자, 날 구하러 와주었구려. 고맙소. 정말 고맙소."

"인사는 나중에 하고 이것 좀 도와줘요."

바우와 나는 힘을 합쳐 바우의 목에 씌워진 무거운 칼을 벗겨 냈다. 그리고 궁궐을 탈출해 낡은 초가집으로 돌아왔다.

서로를 밀고 끌며 오느라 기진맥진한 우리는 약속한 듯 방에 대자로 누웠다. 구중궁궐보다 바우의 작은 집이 훨씬 안락하고 좋았다.

"슬기 낭자, 낭자는 내 생명의 은인이오. 평생 감사하며 살고 싶소. 그러니 나와 호, 혼⋯⋯."

"혼인이라는 말 한 번만 더 하면 어떡한다?"

"아, 알았소. 거참, 사람 매정하기는."

"매정한 사람이 바우 오라버니를 살리느라 용궁까지 갔다 왔겠습니까?"

"용궁에? 아버님, 용왕님을 만나고 왔단 말이오?"

바우가 몸을 벌떡 일으켰다.

"그러합니다."

"낭자⋯⋯ 도대체 이 은혜를 어찌 갚으라고⋯⋯."

바우의 눈에서 눈물이 뚝뚝 떨어져 내렸다.

"이런, 울긴 왜 우시오. 울지 마시오."

나도 몸을 일으켜 마주 앉았다. 그러자 바우가 나를 확 끌어안았다. 달큼하고 짭짜름한 땀 냄새가 났지만 어쩐지 싫지만은 않았다. 나는 바우의 등을 두어 번 토닥거리고는 품에서 벗어났다.

"하오면 용궁에서 그 많은 성게를 어떻게 가져왔소?"

조금 진정이 된 바우가 내게 물었다.

"성게를 어떻게 가져왔겠습니까? 마법의 구슬을 받아왔죠."

그렇게 말하고 나서야 내게 구슬이 하나 남았다는 사실을 알았다. 혹시 마지막 구슬을 던져야 했나? 그럼 궁궐이 물에 잠겼으려나? 하지만 아무리 이야기 속이라도 내 손으로 대량살상을 하고 싶지는 않았다. 나쁜 임금도 문어한테 혼쭐이 났으니 정신을 차렸을 거고.

"아!"

주머니 안에 들어있는 구슬을 만지작거리던 나는 불현듯 구슬의 용도를 알았다. 거북이가 왜 현명하게 사용하면 원하는 바를 이룰 수 있다고 했는지도 알았다. 이 구슬은 나 자신을 소중하게 생각하고 당당하게 행동할 수 있도록 해줄 것이다. 더는 호구로 살지 않겠다. 그게 내가 가장 원하고 바라는 바이니까.

"슬기 낭자, 왜 그러시오. 어디 아픈 게요?"

바우가 걱정이 가득한 얼굴로 물었다. 나는 여태 벌리고 있던 입을 덜컥 다물었다. 막상 돌아간다고 생각하니 섭섭했다. 바우는 나를 진심으로 좋아해주었다. 비록 내가 이 시대의 미인상이라서 반했다고 하지만 적어도 현우처럼 나를 이용하려는 목적은 아니었다. 애당초 현우와는 인성 자체가 다른 사람이다.

"바우 오라버니, 저는 이제 제가 살던 곳으로 돌아가야 합니다."

"살던 곳이라니, 용궁 말이오?"

나는 가만히 고개를 끄덕였다. 바우에게 21세기의 대한민국을 설명해주어도 알아듣지 못할 것이다.

"슬기 낭자, 이번 생에는 비록 부부의 연을 이루지 못한다고 하더라도 다음 생에서 꼭 다시 만납시다. 내 그때는 못다 갚은 은혜도 갚고 낭자를 반드시 행복하게 해주리다."

정말 다음 생이 있다면 말이지. 나는 바우의 이마에 입을 맞췄다. 그리고 구슬을 꼭 쥐고 소원을 빌었다.

나는 익숙한 공원에 앉아있다. 공원 입구에 들어서는 현우가 보인다. 나를 본 현우가 손을 번쩍 들었다. 어, 이 장면 어디서 많이 본 것 같은데.

"무슨 생각을 그렇게 해?"

어느새 내 앞에 다가온 현우가 물었다.

"아니, 아무것도."

반사적으로 대답하고 나서 깨달았다. 시간이 돌아간 것이다. 내가 이야기 속 세상에 들어가기 전으로.

"숙제 다 했지?"

"어."

짧게 대답하며 무릎 위에 놓인 작문 숙제를 봤다. 파일에는 '현우♡'라는 스티커가 붙어있었다. 나는 손톱으로 스티커를 긁어 떼어냈다.

"어서 줘."

"뭘?"

"숙제했다며. 달라고."

홋, 코웃음이 나왔다. 나는 고개를 들어 현우에게 썩은 미소를 보냈다. 그리고 파일에서 꺼낸 작문 숙제를 세로로 쫙, 가로로 쫙, 시원스럽게 찢었다.

"도슬기, 미쳤냐? 뭐 하는 거야?"

"미친 건 너지. 앞으로 네 숙제는 네가 해."

잘게 찢은 종이쪼가리를 현우의 얼굴에 던졌다. 이별의 꽃가루라고 생각하셔.

"이게 진짜. 야, 너 내가 여친이라고 해주니까 뵈는 게 없지?"

"네가 얼마나 쓰레기인지 똑바로 보이고요, 인생 그따위로 살지 마세요."

나는 자리에서 일어나 내 앞에 버티고 선 현우의 가슴을 힘껏 밀었다. 기습공격에 중심을 잃은 현우는 휘청대다가 뒤로 넘어졌다.

"야, 도슬기. 너 거기 안 서!"

소리를 질러대는 현우를 무시하고 공원을 나서려는데 갑자기 녀석의 목소리가 뚝 끊겼다. 혹시나 해서 뒤를 돌아보니 역시나 바닥에 주저앉은 채 내가 던져버린 종이쪼가리를 줍고 있었다. 저게 진짜. 나는 쾅쾅거리는 걸음으로 현우에게 돌아갔다.

"내놔라."

"슬기야."

현우가 비굴한 웃음을 지으며 나를 올려다봤다. 나는 한 손을

허리에 짚고 한 손을 내밀며 당당히 말했다.

"학교에서 개망신당하고 싶지 않으면, 그거 내놔."

현우는 거의 울 것 같은 얼굴로 종이쪼가리를 내 손 위에 올려놓았다. 손을 움켜쥐고 사납게 돌아선 나는 공원 입구의 쓰레기통 앞에 서서 손을 펼쳤다.

안녕, 내 호구짓의 증표여.

공원 밖으로 나오자 가슴에 끼어있던 검은 곰팡이 같은 게 말끔히 사라지는 기분이었다. 편의점 앞을 지날 때 배에서 꼬르륵 소리가 났다. 이번에는 꼭 얼큰한 사발면을 먹어야지. 주머니에서 잔돈을 꺼내려는데 손에 뭔가가 잡혔다. 동그랗고 단단한 무언가가. 감촉만으로도 입꼬리가 스윽 말려 올라갔다. 그건 바로 우렁이 껍데기였다.

월요일, 1교시 준비를 하는데 담임과 함께 키가 크고 까무잡잡한 남학생이 들어왔다. 헉, 바우였다. 교복을 입고 머리를 짧게 자르긴 했지만 바우가 분명했다.

"우리 반에 전학생이 왔다. 이름은 김바로. 앞으로 친하게 지내도록."

바우가 아닌 바로는 간단히 자기소개를 하라는 담임의 말에 잘 부탁한다며 꾸벅 인사를 했다. 심장이 콩콩, 방망이질을 해 댔다.

"저기 빈자리에 가서 앉아."

담임이 가리킨 자리는 내 옆자리였다. 바우 아니 바로가 내 옆으로 성큼성큼 걸어왔다. 순간, 그 애와 나의 눈이 마주쳤다.

"안녕?"

내 말에 바로가 활짝 웃었다. 순도 100퍼센트의 미소였다.

작가의 말

어린시절 우렁각시 이야기를 읽고 저에게도 우렁각시가 찾아온다면 정말 좋겠다고 생각했습니다. 잠자기 좋아하고 엎드려서 책 읽기 좋아했던 제게는 청소도 잘하고 맛있는 것도 척척 만들어주는 우렁각시가 꼭 필요했거든요. 하지만 동심이 풍부한 어린이는 아니었기에 용왕님께 빌거나 우렁이를 찾아 논두렁을 뒤지는 일은 없었습니다.

어른이 되고 나서도 우렁각시가 있었으면 좋겠다는 소원은 변치 않았습니다. 뭐 기왕이면 우렁신랑이면 더 좋겠지만……. 우렁신랑? 그러고 보니 우렁신랑은 왜 없는 거야? 몰래 밥을 차려주는 사람이 꼭 각시일 필요는 없잖아. 가만있자, 우렁각시가 은근히 호구였네? 이 이야기는 그런 의문에서부터 출발했습니다.

가장 먼저 한 일은 우렁각시 이야기를 정독하는 것이었습니다. 《우렁이 각시》, 《우렁이 색시》, 《내 각시는 우렁이》 등등. 옛이야기가 으레 그렇듯 각각 판본이 다릅니다. 판본에 따라 우렁각시가 용왕의 딸이기도 했고, 하늘에서 내려온 선녀이기도 합니다. 결말도 다양했는데 대부분 임금과 내기에서 이기는 해피

엔딩이었지만 어떤 판본에서는 임금에게 우렁각시를 빼앗긴 젊은이가 슬퍼하다 죽어 파랑새가 되기도 합니다.

그러나 모든 판본에서 공통으로 나오는 당황스러운 장면은 젊은이가 우렁각시에게 청혼하는 장면이었습니다. 우렁각시는 분명 젊은이에게 자신이 저지른 죗값을 치르거나 용왕에게 용서를 받을 때까지는 혼인할 수 없다며 기다려달라고 말합니다. 그렇지 않으면 나쁜 일이 생길 수도 있다고 경고까지 합니다. 그런데도 젊은이는 '막무가내로 졸라' 우렁각시를 아내로 삼습니다. 어째서 우렁각시는 단호하게 거절하지 않았을까요? 아니, 거절했지만 젊은이가 강압적으로 나온 건 아닐까요? 저는 행간을 읽어보려 애썼지만 하나같이 그 부분은 은근슬쩍 넘어가더라고요. 저는 이 부분에 재해석의 여지가 있다고 생각했습니다.

그런 이유로 우렁각시 이야기를 현대로 가져오기로 했을 때 도슬기라는 아이가 제 앞에 나타났습니다. '열다섯 살, 중학교 2학년, 남자친구 있음. 아주 나쁜 놈임.'

서로 좋아하는 연인 사이에 평등한 관계가 유지된다면 이상

적이겠지만 실제로는 갑을 관계가 종종 발생하기도 합니다. 도슬기처럼 상대방을 더 많이 좋아한다는 이유로 을이 되고 이용당하는 일도 드물지 않게 일어나지요. 저는 똑똑한 도슬기가 자존감을 찾기를 바랐습니다. 호구처럼 굴지 않고 당당히 자기주장을 하는 아이가 되었으면 했습니다. 그래서 도슬기를 우렁각시 이야기 속으로 보냈습니다. 그 속에서 새로운 만남과 모험을 통해 자신이 진정으로 원하는 게 무엇인지 깨달을 수 있기를 바랐습니다. 그리고 도슬기는 내가 바라던 것보다 훨씬 멋지게 그 일을 해냈습니다.

이 이야기는 로맨틱 코미디의 형식을 빌리고 있습니다. 현우에게 상처받은 슬기가 비록 옛날이야기 속의 인물이지만 자신을 존중해주는 바우를 만나 여러 가지 사건을 겪으면서 성장해 가는 이야기입니다. 하지만 저는 이 이야기가 단순히 나쁜 남자친구를 떠나 좋은 남자친구를 만나는 이야기가 아닌 우렁이 껍데기를 손에 쥐고 씩씩하게 걸어가는 소녀를 응원하고 싶은 이야기로 읽히기를 바랍니다.

두 자매

* 전건우 *

원작 《장화홍련전》에 대하여

철산에는 흉흉한 소문이 떠돌았습니다. 신임 부사가 오기만 하면 하룻밤을 못 넘기고 죽어 나가는데 이것이 원귀 때문이라는 소문입니다. 그러니 아무도 철산으로 가려고 하지 않았습니다. 그러던 중 정동호라는 용감한 관리가 자원을 해 철산 부사가 됩니다.

부임 첫날 밤, 정동호는 마음의 준비를 한 채 원귀가 나타나길 기다렸습니다. 얼마 후 두 원귀가 모습을 드러냅니다. 보통 사람이었다면 바로 심장이 멎을 만큼 무서운 몰골이었지만 정동호는 달랐습니다. 그는 의연하게 무슨 사연이 있기에 원귀가 되어 나타난 건지 두 귀신에게 물어보았습니다. 그러자 둘은 장화와 홍련이라는 이름의 자매이고 자신들이 겪은 억울한 이야기를 털어놓기 시작했습니다.

그 이야기는 참으로 끔찍하고 슬펐습니다. 철산에 있는 배 좌수의 딸이었던 둘은 계모 허씨에게 어린시절부터 괴롭힘을 당해왔습니다. 성미가 사납고 욕심까지 많았던 허씨는 자기가 낳은 아들보다 장화와 홍련이 배 좌수로부터 더 사랑을 받자 이를 질투해 둘을 괴롭혔던 것입니다. 또 장화가 혼인하면 재산 일부를 가져갈까 봐 자기 아들에게 이 둘을 죽이라고 합니다. 이를 알게 된 홍련 역시 두려움과 슬픔을 견디지 못해 스스로 목숨을 끊었습니다.

장화와 홍련이 원귀가 된 사연을 알게 된 정동호는 배 좌수와 계모 허씨를 잡아들였고 결국 허씨는 처벌을 받아 끔찍한 죽음을 맞이합니다. 이후 장화와 홍련 귀신은 나타나지 않았다고 합니다.

나는 달리고 있었다. 괴물이 성큼성큼 쫓아왔다. 내 짧은 다리로는 아무리 달려도 괴물을 따돌릴 수 없을 것 같았다. 그런 약한 마음 때문이었는지 나는 어딘가에 걸려 앞으로 고꾸라졌다.

누군가가 내 이름을 불렀고, 그것이 내가 기억하는 마지막이었다.

다시 눈을 떴을 때는 낯선 풍경과 마주해야 했다. 어둠이 가득한 비좁은 공간이었다. 책상이며 선반 같은 것들이 손바닥만 한 창문으로 들어오는 달빛을 받아 희미하게 보였다. 나는 벽을 두드려봤다. 텅텅 소리가 났다. 평범한 방은 아니라는 뜻이었다.

내가 일어서려는 찰나 익숙한 목소리가 들렸다.

"조심해서 움직여. 너 머리를 다쳤거든."

언니였다.

"언니, 우리 어떻게 된 거야?"

언니는 큼지막한 서랍장 구석에 쪼그리고 앉아있었다. 달빛 때문인지 모든 것이 다 푸르스름하게 보였다. 언니를 보는 순간 내 불안감은 절반 이상 사라졌다.

"납치한 뒤 여기 가둬둔 거야."

"여긴 어딜까?"

언니의 말에 내가 다시 물었다.

"건물을 짓다가 만 공사장이야. 여긴 그 공사장의 임시 사무실이었던 컨테이너 박스이고."

역시 언니는 모르는 게 없었다. 전교 1등다웠다. 나도 고등학교에 들어가면 언니처럼 1등을 하고 싶었다. 언니는 내 우상이자 세상에서 제일 사랑하는 사람이었다.

"여기 너무 서늘해. 에어컨도 없고 창문도 닫혀있는데 팔뚝에 소름이 돋아."

여름밤이었지만 컨테이너 박스 안은 이상할 정도로 추웠다. 나는 선 채로 팔뚝을 쓸어내렸다.

"이렇게 하면 조금 나을 거야."

언니는 내게 다가와 살며시 안아주었다. 언니의 품은 따뜻했고 부드러웠다. 언제나 그랬던 것처럼 좋은 향기도 났다.

"너 뭐 기억나는 거 없어?"

언니가 물었다.

나는 열심히 머리를 굴렸다. 아무것도 떠오르지 않았다. 괴물이 쫓아온 것도 꿈인지 현실인지 구분하기가 어려웠다. 게다가 생각하면 할수록 머리가 아파왔다.

"모르겠어."

내 말에 고개를 끄덕이며 언니가 말했다.

"뇌진탕이라 그럴 거야. 너, 넘어지면서 머리를 세게 부딪쳤거든. 그러면 기억이 다 뒤죽박죽이 돼."

"언니는 괜찮아? 언니도 다친 거야?"

"난 괜찮아. 봐, 멀쩡하잖아."

언니는 다친 데는 없어 보였지만 무척 초조해 보였다. 그 초조함이 어디서 오는지 나는 잘 알고 있었다. 아빠가 돌아가신 후 엄마는 우울증에 빠졌다. 그런 엄마 대신 나를 챙긴 사람이 바로 언니였다. 언니는 자나 깨나 내 걱정만 했다. 나보다 네 살 많을 뿐인데도 언니는 훨씬 어른스러웠다.

나는 그런 언니의 걱정을 덜어주고 싶었다.

"혹시 문을 열 수 있지 않을까?"

그렇게 말하며 손잡이를 돌려봤지만 묵직한 회색 문은 전혀 움직이지 않았다.

"창문도 마찬가지야. 작기도 하지만 너무 위에 있어서 손이 안 닿아."

언니가 말했다.

"좋은 생각이 있어. 도와달라고 소리를 지르는 거야."

나는 언니의 대답을 듣기도 전에 힘껏 소리쳤다.

"살려주세요!"

"쉿!"

언니는 서둘러 내 입을 막았다. 그러고는 속삭였다.

"널 여기 가둔 사람이 근처에 있을지도 몰라. 네가 깨어난 걸 알고 돌아오면 상황이 안 좋아질 거야."

언니 말이 맞았다. 그게 사람이건 괴물이건 다시 보고 싶지 않았다. 그러자면 몰래 탈출하는 수밖에 없었다.

나는 천천히 컨테이너 박스 안을 둘러봤다. 철제 책상에는 서류가 잔뜩 쌓여있었다. 그 옆의 선반에는 망치나 드라이버처럼 내가 잘 아는 공구와 한 번도 본 적 없는 공구들이 뒤섞여있었다.

혹시 도움이 될까 해서 망치를 들어봤다. 망치의 두툼한 쇠 부분이 푸른 달빛을 받아 반짝였다. 괜스레 오소소 소름이 돋았다. 나는 혹시 도움이 될까 싶어 망치를 품에 꼭 안았다.

그 순간 어떤 기억 하나가 떠올랐다.

무언가가 빛나고 있다. 찬란하고 아름답게. 그것을 보며 나는 위화감을 느낀다. 그것이 있어야 할 위치가 아니다. 그것은…… 그것은…….

결정적인 무언가가 생각나려던 바로 그 순간 갑자기 소리가 들렸다. 자동차가 달려오는 소리였다.

나는 깜짝 놀라서 언니를 바라봤다.

"우리를 구하러 오는 걸까?"

내가 묻자 언니는 단호하게 고개를 저었다.

"지금은 그런 희망적인 생각을 버려야 해. 구해줄 사람이 있었다면 이렇게 될 일도 없었을 거야."

그렇게 말하는 언니의 표정은 아주 무서웠다. 때마침 자동차가 멈췄다. 끼익 하는 소리가 밤하늘에 울려 퍼졌다.

"어쩌지?"

심장이 마구 뛰었다. 너무 긴장해서 머리는 물론이고 배도 아팠다.

'긴장'이라는 단어를 떠올리자 불쑥 기억 하나가 스쳐 지나갔다.

나는 유독 긴장을 했다. 친구들과 있을 때는 아니었다. 학교에서도 마찬가지였다. 나는 명랑하고 활기차다는 말도 종종 듣는 아이였다. 내가 긴장하는 경우는 집에서 그 사람과 마주칠 때뿐이었다.

그 사람…… 새아빠.

새아빠를 떠올리자 속이 울렁거렸다. 새아빠에게는 늘 역한 냄새가 났다. 담배 냄새와 술 냄새가 뒤섞인 악취. 그 냄새보다 견디기 힘든 건 그의 눈빛이었다. 새아빠는 차갑고 날카로운 눈빛으로 우리를 쏘아봤다. 그 눈빛 앞에서는 누구나 긴장할 수밖에 없었다.

"내가 앉아있던 서랍장 구석에 웅크리고 있자. 거긴 달빛이 닿지 않아 어두우니까 당장은 시간을 좀 벌 수 있을 거야."

"언니, 나 조금씩 기억이 나."

나는 서랍장 옆으로 몸을 바짝 붙여 웅크리며 말했다.

"다행이네."

언니가 말했다.

"그러면 언니…… 이게 다 새아빠 때문인 거지? 맞지?"

나는 파도처럼 밀려오는 기억을 더듬으며 물었다.

언니는 고개를 끄덕였다.

"안 돼!"

전종식 경감은 비명을 지르듯 외치며 벌떡 일어났다. 온몸이
땀으로 젖었다. 애써 숨을 골랐지만 마구잡이로 뛰는 심장은 좀
처럼 가라앉지 않았다.

벌써 사흘째 똑같은 악몽을 꾸고 있다. 아니, 매일 조금씩 달
라지니 완전히 똑같다고 말할 수는 없다. 그제는 머리에 큰 상처
를 입어 흉측한 몰골을 한 소녀가 무슨 말인가를 하려는 듯 서
있더니, 어제는 더 어려 보이는 또 다른 소녀가 정신을 잃고 끌
려와 폐공사장 임시 사무실에 감금되는 데서 꿈이 끝났다. 그리
고 방금, 전종식 경감은 정체불명의 남자가 컨테이너 사무실 앞
에 차를 세우는 것을 똑똑히 봤다.

꿈속이었지만 그 남자가 내뿜는 살기는 피부에 닿을 듯 생생
했다.

"하아."

전종식 경감은 한숨을 토해냈지만 꽉 막힌 속은 시원해지지 않았다. 그냥 개꿈이었다고 무시하면 그만일 텐데 그럴 수가 없었다. 평범한 꿈이 아니라는 건 누구보다 자신이 제일 잘 알았기 때문이다. 꿈속의 소녀는 분명 도움을 요청하고 있었다. 게다가 첫날 밤 나타난 소녀와 어제 납치된 소녀 모두 어디선가 만난 기억이 어렴풋이 났다. 심지어는 방금 꾼 꿈에서 본 남자의 얼굴도 낯이 익었다.

도대체 누굴까?

왜 내게 도움을 청하는 걸까?

전종식 경감은 도무지 감을 잡을 수 없었다.

"하필이면 왜 나한테……."

나지막이 중얼거리며 침대에서 나왔다. 그는 넘어지지 않으려 조심했다. 일주일만 지나면 은퇴를 한다. 잘못 넘어져 어디 한 군데라도 부러진다면 깁스를 하고 퇴임식에 가야 할 판이었다. 그런 꼴사나운 모습은 보여줄 수 없다. 명색이 지구대대장이 아닌가. 몹쓸 병을 얻어 조금 이른 정년을 맞이했지만 경찰의 자존심만은 지키고 싶었다. 그러자면 마지막 사건을 해결해야 했다. 그래야 은퇴 후에도 편하게 잠잘 수 있을 것 같았다.

전종식 경감은 불을 켜고 돋보기안경을 쓴 다음 수첩을 펼쳤다. 거기에는 관할구역 안에 있는 폐공사장의 위치가 빼곡히 적혀있었다. 꿈에 건물이 등장한 이후로 나름 목록을 만든 것이다.

"어디 보자……."

눈에 들어오는 몇몇 건물 이름에 동그라미를 치며 첫 번째 목적지를 정했다.

새아빠는 1년 전에 우리 집으로 들어왔다. 처음에는 모든 게 좋았다. 새아빠는 잘생기고 키도 컸다. 자주 웃었다. 부드럽고 자상했다. 특히 엄마에게 잘했다. 그것만으로도 좋았다. 엄마가 눈이 부실 정도로 환하게 웃을 수 있다는 걸 나는 처음 알았다. 엄마의 재혼을 반대하던 언니도 그 점은 좋아했다. 그래도 언니는 경계를 늦추지 않았다. 언젠가 한번은 이런 말도 했다.

"잘 봐. 우리가 잘 감시해야 해."

"뭘?"

"저 남자. 다른 꿍꿍이가 있을지도 모르잖아."

"다른 꿍꿍이?"

"우리 집은 네가 상상하는 것보다 훨씬 부자야. 누구든 탐낼 정도로 돈이 많단 말이지. 저 남자가 어떤 의도로 엄마한테 접근했는지는 모르겠지만 난 계속 감시할 거야."

그 말을 할 때의 언니 표정이 잊히지 않는다. 언니의 눈은 반짝였다. 아무것도 모르는 나도 언니의 눈빛에서 굳은 의지를 읽어낼 수 있었다.

그때와 똑같은 표정으로 언니가 나를 바라봤다. 차 문 닫는 소리가 들렸으니 조금 있으면 누군가가 모습을 드러낼 것이다. 언니는 눈을 반짝이며 내게 말했다.

"언니만 믿어. 무슨 일이 있어도 널 지켜줄 거니까."

그 말을 듣자 두려움이 조금은 옅어졌다. 물론 상황이 바뀌지는 않았다.

저벅저벅.

묵직한 발자국 소리가 점점 가까워졌다. 아무래도 남자 같았다. 남자라면 새아빠일 가능성이 컸다. 새아빠는 우리를 없애버리고 싶어 했으니까.

그렇다.

이제 거의 다 생각난다. 새아빠에 대한 기억이 속속 떠올랐다. 언제부터 변했는지도, 그리고 내가 새아빠를 의심하게 된 그 순간도.

그는 몇 달 동안 연기를 아주 잘해냈다. 좋은 남편이자 자상한 아빠 역할을 별 무리 없이 소화했다. 엄마를 노골적으로 부러워하는 사람도 있었다. 젊고 잘생긴 연하남과 살더니 얼굴이 폈다며, 우리 집에 놀러 온 엄마 친구들은 놀리듯 말했다. 그러면 엄마는 또 환하게 웃었다.

그러던 어느 날, 나는 그가 욕하는 모습을 처음 봤다. 밤늦은 시간 그는 술에 취해 들어왔고 나는 마침 화장실에 가려고 거실로 나간 참이었다. 주방 쪽으로 등을 돌리고 있던 그는 나를 발견하지 못한 채 혼자 중얼거렸다.

"비위 맞추려니까 힘들어 죽겠네. 젠장."

거친 목소리는 물론이고 거슬리는 말투까지, 내가 알던 새아빠가 아니었다. 새아빠는 몇 마디를 더했는데 모조리 욕으로 끝났다. 나는 너무 당황해서 이러지도 못하고 저러지도 못한 채 멀뚱히 서 있었다. 그때 그가 고개를 홱 돌렸다. 나는 움찔했다. 놀라기는 그도 마찬가지였다.

"너 안 자고 뭐 하냐?"

그는 거친 목소리로 그렇게 물은 후 아차 하는 표정을 짓더니 다시 입을 열었다.

"안 자고 있었구나. 하하."

하하.

아무런 감정도 실리지 않은 웃음이었다. 그의 입은 웃고 있었지만 눈은 그대로였다. 나는 방으로 돌아가려고 했다. 그때였다.

"잠깐."

그가 내게로 다가왔다. 악취가 훅 풍겼다. 한 번도 맡아보지 못한 끔찍한 냄새였다. 나도 모르게 얼굴을 찡그렸다. 그런 나를

그가 물끄러미 내려다봤다.

"인사는 해야지?"

그가 말했다.

"안녕히…… 주무세요."

나는 간신히 입을 열었다. 그는 고개를 끄덕이며 돌아섰다. 그러고는 엄마가 잠들어있는 안방으로 들어갔다. 그때가 처음이었다. 새아빠가 가면을 쓰고 살아가고 있을지도 모른다고 생각한 건. 동시에 궁금증이 일었다. 엄마는 알고 있지 않을까? 가면 뒤의 진짜 모습을…….

그렇다면 그건 너무 끔찍한 일이었다.

새아빠의 이상한 모습을 본 이후 나는 긴장하게 되었다. 그 남자 앞에만 서면 몸도 굳고 머리도 굳었다. 정확히 그때를 시작으로 그의 눈빛도 바뀌었다. 행동도 바뀌었다. 더는 가면을 쓰지 않아도 된다고 생각했기 때문일까? 그는 나에게는 물론이고 엄마와 언니에게도 차갑게 대했다.

"어떡해? 새아빠가 분명해! 지금 들어올 거라고."

나는 울먹이며 말했다. 너무 무서웠다.

"너 그때 기억나?"

언니가 내 어깨를 잡으며 조용히 물었다.

"언제?"

"그 인간이 처음으로 폭발했던 날."

그렇게 말하는 언니의 표정은 어두웠다.

정말로 기억의 실타래가 있는 것인지 언니의 말을 듣자마자 기억이 또 술술 풀려나왔다.

석 달 전쯤의 일이었다. 학원을 마치고 돌아와 보니 엄마가 새아빠와 싸우고 있었다. 사업이니 돈이니 여러 단어가 흘러나왔지만 정확한 이유는 알 수 없었다.

"너 완전히 변했어!"

엄마의 말에 새아빠는 한쪽 입꼬리만 올린 채 비웃었다.

"누가 변했다는 거야? 이게 원래 나야. 너도 알고 있었잖아. 크크."

그 말을 들은 엄마는 더 흥분했고 결국 새아빠를 힘껏 밀어버렸다. 그는 뒤로 밀리면서 의자에 발을 찧었다. 그 순간 새아빠의 눈빛이 변했다.

"이게!"

새아빠가 주먹으로 엄마를 치려던 그 순간, 언니가 끼어들었다. 언니는 눈 한 번 깜박이지 않고 그를 노려봤다. 그러면서 외쳤다.

"나 방금 경찰에 신고했어요. 우리한테 손가락 하나라도 대면 싹 다 이야기할 거니까 알아서 해요!"

그는 경찰에 신고했다는 말에 움찔했다.

"아, 아니 진짜로 때리려고 했던 건 아니고……."

나중에 경찰관 두 명이 집으로 찾아왔을 때도 새아빠는 고개를 푹 숙인 채 비슷한 말을 웅얼거렸다. 나는 그걸 보며 저렇게 무서운 사람도 겁내는 게 있구나, 하고 생각했다.

경찰은 형식적인 질문 몇 개를 하더니 금세 돌아갔다. 그래도 나이 많아 보이는 경찰 아저씨는 제법 진지하게 경고의 말을 남겼다.

"허민호 씨, 한 번 더 비슷한 일이 생기면 그땐 경찰서에 가는 겁니다. 알겠습니까?"

"네."

새아빠는 조용히 대답했다.

경찰 아저씨는 나와 언니를 따로 불러 눈을 똑바로 바라보며 말했다.

"나는 이 동네 지구대대장이란다. 언제든 도움이 필요하면 꼭 연락하거라. 알겠지?"

아저씨는 언니에게 명함을 내밀었다. 그걸 받아든 우리가 명함을 들여다보는 사이 아저씨는 복도를 지나 엘리베이터로 향했다. 언니는 그 경찰 아저씨의 뒷모습을 오래 바라봤다.

그 일 이후 한동안 새아빠는 죽은 듯 조용히 지냈다.

"그날 언니 진짜 멋졌는데."

내가 말하자 언니는 살짝 미소를 지었다.

"그때 말이야, 거짓말을 해서라도 그 인간을 경찰서로 보냈어야 했던 게 아닐까 하고 난 계속 후회했어. 그랬다면 이런 일도 안 생겼을 텐데……."

언니는 어두운 얼굴로 말끝을 흐렸다. 그러다가 흠칫 놀라며 입구를 바라봤다. 나도 언니를 따라 했다.

발소리가 멈췄다. 나는 언니 손을 꼭 잡았다. 철컹하는 무거운 쇳소리가 들리더니 문이 홱 열렸다. 입구에 누군가가 서 있었다. 시커먼 형체가 보였다. 서늘한 공기가 그 형체를 중심으로 움직였다. 덩치로 봤을 때 남자가 틀림없었다.

그 남자가 조심스레 안으로 들어왔다. 아직은 새아빠인지 아닌지 알 수가 없었다. 키는 얼추 비슷했다. 덩치도 비슷한 것 같았다. 그 사실을 알게 되자 또 몸이 굳었다. 도무지 익숙해질 수 없는 긴장감이 내 온몸을 꽁꽁 묶는 느낌이었다.

"언니……."

"쉿!"

언니는 어둠 속을 뚫어지게 노려봤다. 어둠이 일렁인다 싶더니 다시 발소리가 들렸다. 다음 순간 남자가 불쑥 튀어나왔다. 그러기 전, 냄새가 먼저 존재감을 드러냈고 나는 보지 않고도 남자가 누구인지 확신할 수 있었다.

새아빠였다.

전종식 경감은 초조한 마음을 달래며 밤거리를 달렸다. 주차장에서 차를 찾는 데만 30분 이상 걸렸다. 평소에 주차하던 곳에 차를 댔는데도 이 모양이었다. '평소에 주차하던 곳' 자체가 생각나지 않았다. 요즘 들어 이런 일이 부쩍 잦아졌다. 기억력은 하루가 다르게 떨어졌다. 이미 몇 달, 아니 몇 주 전의 일도 거의 생각이 나지 않게 되었다. 몸의 움직임이 둔해지는 것보다 기억이 없어지는 속도가 더 빨랐다. 결국, 의사 말이 맞았다.

"알츠하이머입니다. 지금은 경증인데 앞으로가 문제입니다. 순식간에 나빠질 수도 있거든요. 그러니 가족들의 도움이 많이 필요해요. 일단 약물로…….."

그에게 가족은 없다. 아내와는 10년 전에 이혼했고 딸 둘과 연락이 끊어진 지도 제법 됐다. 옛날에는 동료가 곧 가족이라 생각하며 지냈는데 이제는 그마저도 희미해졌다. 늙음은 매일 하나씩 소중한 걸 잃어가는 일이다. 그걸 알면서도 분했다. 화가 났다. 그 화를 풀 데가 없어 더 화가 났다.

"가만있어 보자…… 그러니까 컨테이너 크기가 크고…… 대신에 공터는 넓었으니까 공사장 규모는 제법 있을 테고…….."

전종식 경감은 목록에서 선택한 공사장 중 또 몇 개를 더 추려냈다. 꿈속에서 봤던 바깥 풍경까지 더하니 딱 두 군데만 남았다.

"한 번에 찾아야 하는데."

전종식 경감은 애가 탔다. 꿈과 현실 사이에 어느 정도 시차가 있는지는 모르겠지만 살기를 쏟아내는 그 남자가 먼저 도착한다면 모든 건 끝이었다. 말간 얼굴의 소녀가 쓰러져있는 장면이 불쑥 떠올라 전종식 경감은 고개를 저었다.

"남의 꿈까지 찾아와 도움을 구할 정도라면 어디로 가야 하는지도 좀 알려주지. 쯧."

전종식 경감은 허공에 대고 그렇게 중얼거렸다. 그 순간 신호가 바뀌었다. 좌회전이었다. 마치 신의 계시 같았다. 전종식 경감은 급하게 핸들을 꺾었다. 평생 교회 문턱도 밟아보지 않았던 그가 처음이자 마지막으로 신의 인도에 응했다.

"그래, 한번 가보자."

전종식 경감은 중얼거렸다.

새아빠는 검은색 비옷을 입고 있었다. 왼손에 끼고 있는 반지에 달빛이 닿아 반짝거렸다.

그래. 바로 저거야!

나머지 기억도 떠올랐다.

반지. 저 반지가 거슬렸다. 저 인간의 손에서 반짝이고 있을
반지가 아니었다. 그날, 새아빠라는 인간이 내 어깨에 팔을 둘렀
을 때 처음으로 반지를 발견했다. 장례식장에서였다. 그는 갑작
스러운 사고로 아내를 잃고 두 딸과 함께 남겨진 비운의 남편 역
할에 심취해있었다.

그렇다. 엄마가 죽었다. 운전 미숙으로 가드레일을 들이받은
후 절벽으로 떨어졌다. 엄마가 왜 우리에게 알리지도 않고 혼자
여행을 떠났는지, 하필이면 왜 험하기로 유명한 그 국도를 탔는
지, 왜 브레이크 한 번 밟지 않고 그대로 추락했는지 아무것도
밝혀지지 않았다.

새아빠는 열심히 울었고, 열심히 절을 했고, 열심히 영정 옆
을 지켰다. 나는 그 모든 시간 동안 반지가 신경 쓰여 제대로 슬
퍼하지도 못했다.

그건 아빠 반지였다. 아빠와 엄마가 결혼할 때 서로 나눠 낀
반지.

엄마는 그 반지를 소중한 물건이라며 꼭꼭 숨겨뒀다. 언니
와 내게도 잘 보여주지 않았다. 그런 반지를, 그가 끼고 있었다.

나는 그 사실을 언니에게 이야기했다.

"내 예감이 맞았어. 저 인간은 가족을 원했던 게 아니야. 우리
가족 사이를 비집고 들어와 모든 걸 빼앗으려 했던 거야!"

"이제 어떡해?"

내가 물었다.

"복수해야지."

언니는 그렇게 말한 후 나를 꼭 안아줬다.

"이제 우리 둘뿐이야. 무슨 일이 있어도 내가 널 지킬 거야."

언니의 말을 듣자 눈물이 쏟아졌다.

"무슨 일이 있어도……."

언니는 다짐하듯 다시 한번 말했다. 단단하고 뜨거운 그 목소리가 얼어붙은 내 몸을 데워주었다. 언니만 있으면 무서울 게 없었다. 그랬는데…….

"내 딸, 어디 있니? 크크."

그가 두리번거리며 말했다.

"괜히 힘 빼지 말고 우리 빨리 끝내자. 예전엔 안 그랬는데 요즘은 나이가 들어서 그런지 뜸 들이고 하는 걸 못 참겠더라. 이제 너만 남았어. 너만 남았다고. 크크."

그는 한 발 더 안으로 들어오며 다시 말했다.

민낯을 드러낸 새아빠는 수다스럽고 정신없는 인간이었다. 더는 연기할 필요성이 없어지자 본래 성격과 행동이 튀어나왔다. 교양이라고는 찾아볼 수 없는 전과자. 그게 허민호, 아니 허종팔의 진짜 모습이었다.

"홍련아, 홍련아"

그는 고개를 이리저리 돌리며 내 이름을 불렀다.

나는 떨지 않으려고 입술을 꽉 깨물었다. 너무 무서워 눈물이 흐를 것 같았지만 그것도 억지로 참았다.

약한 모습을 보이면 안 돼!

언니였다면 분명 그렇게 했을 것이다.

언니…….

나는 내 옆에 선 언니의 손을 살며시 쥐었다. 언니는 그를 노려보고 있었다. 그 모습이 너무 생생해 순간 언니가 진짜처럼 보였다. 하지만 아니었다. 기억의 퍼즐은 모두 제자리를 찾았고 그 안에 언니는 없었다.

언니는, 실종됐다.

언니는 새아빠가 전과자라는 사실을 알아냈다.

"홍련아, 이것 봐. 이게 그 인간의 본모습이야."

언니가 내민 종이에는 새아빠에 대한 여러 내용이 적혀있었다. 본명은 허종팔. 폭력과 사기로 교도소를 네 번이나 들락날락했다. 주로 자신보다 힘없는 여성을 때렸다. 한마디로 인간쓰레기였다.

"어떻게 이걸 다 안 거야?"

나는 놀라서 물었다.

"모아둔 돈을 다 털어서 조사를 맡겼어."

언니는 눈을 빛내며 말했다. 언니는 한 번 결심하면 무조건 해내고 말았다.

"역시 무서운 사람이었어."

나는 새아빠, 아니 허종팔의 그 눈빛을 떠올렸다. 차갑고 매서운 그리고 인간의 마음이라고는 찾아볼 수 없는 그 눈빛.

"이걸로 끝이 아니야. 다음 페이지를 읽어 봐."

언니의 말에 나는 두 번째 페이지를 읽기 시작했다. 거기에는 허종팔의 최근 행적이 나와 있었다. 언제, 어디서 누굴 만났는지 그리고 어떤 일을 했는지. 나는 몇 줄을 읽자마자 충격에 빠졌다.

"역시 그 인간이 의뢰했던 거야."

언니 말이 맞았다. 허종팔은 '해피드림'이라는 이상한 이름의 업체를 자주 방문했다. 조사를 한 이는 친절하게도 해피드림이 어떤 회사인지 메모를 해놓았다.

해피드림: 심부름센터. 도청과 미행이 주를 이루지만 업계에서는 보복 폭행이나 그것보다 더 심한 일도 의뢰를 받고 있다는 소문이 파다함.

폭행보다 심한 일.

나는 한 가지밖에 떠오르지 않았다. 손이 떨리고 식은땀이 흘렀다. 설마 했는데 진짜로 엄마의 사고를 사주했을 줄이야. 허종팔은 몇 개의 가면을 쓰고 우리를 속여 왔고 끝내 엄마를 죽음으로 내몰았다. 이유는 단 하나였다.

"우리 재산을 노린 거야."

내 마음을 읽었는지 언니가 먼저 말했다.

"돈 때문에 이런 일까지 했다는 거야?"

나는 도무지 믿을 수가 없었다. 아니, 믿고 싶지 않았다. 이런 괴물과 같은 공간에서 살았다는 사실만으로도 소름이 돋았다.

"돈을 위해서라면 인간은 더 추악해질 수도 있어."

언니가 말했다.

"이제 어쩌면 좋아?"

"경찰에 신고해야지."

"경찰이 믿어줄까?"

"믿도록 만들어야지."

"어떻게?"

"다 계획이 있어."

언니는 입술을 깨물며 말했지만 그 계획이 뭔지는 알려주지 않았다. 대신에 이런 말을 했다.

"홍련아, 만약 내가 이틀 이상 집에 들어오지 않으면 너도 바로 도망쳐야 해. 알았지? 그리고 이게 내 클라우드 계정과 비밀번호니까 여기 들어있는 자료를 몽땅 경찰한테 보여줘."

언니는 그렇게 말하며 내 휴대폰으로 메시지를 보냈다. 거기에는 아이디와 암호가 들어있었다. 나는 덜컥 겁이 났다.

"이건 왜 주는 거야? 뭘 하려고 그래? 언니, 그냥 나랑 이 집에서 나가자. 그래야 안전할 것 같아. 나가서 경찰에 신고하면 되잖아."

내 말에 언니는 고개를 저었다.

"아니야. 확실한 물증을 잡던가 아니면 놈이 자기 입으로 실토하게 만들어야 해."

"하지만……."

"언니가 말했지? 무슨 일이 있어도 널 지켜줄 거라고. 그러니 걱정하지 마."

나는 고개를 끄덕였다.

그것이 언니와의 마지막 대화였다.

"이 꼬맹이가 어디 숨어있는 거야?"

그는 투덜거리면서 공구 선반으로 가 묵직해 보이는 뭔가를 집어 들었다. 순간 나 역시 망치를 갖고 있다는 사실을 깨달았다. 그가 딴 데 정신을 팔고 있는 지금이라면…….

"빨리 나와!"

그가 버럭 소리를 질렀다.

나는 어둠 속에서 살금살금 나와 그에게 다가갔다. 반쯤 등을 돌린 그는 아직 나를 발견하지 못했다. 그의 시커먼 구두가 눈에 들어왔다. 왼쪽 발이었다.

지금이야!

망치를 높이 들었다가 그의 왼쪽 발을 그대로 내리쳤다.

"으악!"

그는 비명과 함께 경중경중 뛰었다. 그 순간 나와 눈이 마주쳤다. 고통과 분노가 그의 싯누런 눈동자에 새겨져 있었다.

나는 망치를 내다 버리고는 컨테이너 밖으로 달려 나갔다. 비가 왔는지 바닥이 질척거렸다. 당장 숨을 곳은 보이지 않았다. 대신에 공사를 하다 만 건물이 바로 앞에 있었다. 나는 죽을힘을 다해 그곳으로 내달렸다.

"거기 안 서!"

뒤에서 분노에 찬 그의 목소리가 들렸다.

나는 한 번도 쉬지 않고 계단을 올라갔다.

내가 여기서 뭘 하는 거지?

전종식 경감은 신호를 받아 건널목 앞에 서 있으면서 그렇게 생각했다. 순간 아무것도 기억나지 않았다. 머릿속이 새하얗게 변했다. 이 늦은 시각에 무슨 일로 운전 중인지, 목적지가 어디인지 아무리 기억을 더듬어봐도 떠오르지 않았다. 마치 망망대해에 홀로 떠 있는 것 같았다.

전종식 경감은 집으로 돌아가려고 마음먹었다. 다행히 집 위치는 기억났다.

"내가 정말로 미쳤지. 무작정 차를 끌고 밤에 운전을 하다니……."

전종식 경감이 그렇게 중얼거렸을 때였다. 서늘한 기운이 그의 목덜미를 스쳤다. 에어컨을 낮추려고 하다가 멈칫했다. 에어컨은 아예 켜지도 않았다. 그 사실을 알게 된 순간 또 한 번 차가운 기운이 온몸을 훑고 지나갔다.

후우.

숨을 내쉬는 듯한 소리와 함께.

화들짝 놀란 전종식 경감은 뒤를 돌아봤다. 당연히 뒷좌석은 비어있었다. 그러나 제멋대로 뛰는 심장은 쉽게 가라앉지 않았다. 분명 한기가 드는데 목과 이마에는 땀이 맺혔다.

"휴우."

한숨을 내쉬며 다시 정면을 향해 고개를 돌렸다. 그때였다. 룸미러에 비친 무언가가 눈에 들어왔다. 얼굴 절반이 함몰된 끔찍한 모습의 소녀였다.

"헉!"

이번에야말로 심장이 멎을 것처럼 놀랐다. 동시에 통째 사라졌던 기억이 밀물처럼 몰려들었다. 왜 운전을 하고 있는지, 어디로 가려고 했는지 모두 생각났다.

전종식 경감은 고개를 푹 숙인 채 속삭였다.

"알았다. 내가 어떻게든 해볼 테니 너무 걱정하지 마라."

다시 룸미러를 봤지만 피투성이 소녀는 사라지고 없었다. 전종식 경감은 가속페달을 밟았다. 차 한 대 없는 조용한 도로를 쭉쭉 달려 나갔다.

나는 6층까지 달려 올라간 후 힘이 빠져 멈춰 섰다. 숨을 쉴 수가 없었다. 보이지 않는 손이 목을 조르는 느낌이었다. 헉헉 거친 숨을 내쉬면서 6층 안으로 들어갔다. 아직 시멘트도 다 바르지 않은 공간이었다. 창문 모양의 네모난 구멍으로 밤바람과 함께 달빛이 들어왔다.

숨을 곳을 찾던 내 눈에 뭔가를 덮어놓은 청색 비닐 더미가 보였다. 또 한 곳, 커다란 쇠막대를 층층이 쌓아둔 곳도 숨을 만할 것 같았다. 그때였다.

"홍련! 넌 잡는 순간 여기서 밖으로 던져버릴 거다!"

나는 재빨리 숨었다.

그는 내가 몇 층에 숨었는지 알지 못한다. 사람의 심리상 맨 꼭대기까지 올라갔다가 둘러보며 내려오지 않을까? 그런 생각을 하며 언제 밑으로 도망가면 좋을지 궁리했다. 내 생각이 멍청

했다는 사실은 몇 분도 지나지 않아 밝혀졌다.

"크크크. 딴에는 날 잘 따돌렸다고 생각하겠지. 그런데 어쩌나? 계단에 이렇게 선명한 발자국이 남아있는걸!"

그의 말을 듣는 순간 아차 했다. 도망쳐야 한다는 생각만 하느라 진흙을 밟았다는 사실을 까맣게 잊고 있었다. 그는 분명 6층으로 들어올 것이다. 나는 입술을 꽉 깨물었다.

"여기군. 여기에 아빠 발을 못 쓰게 만든 아주 나쁜 딸이 숨어있군! 크크크."

그의 목소리가 가까이서 들렸다. 특유의 악취도 풍겼다. 6층 안으로 들어왔다는 뜻이었다.

"홍련아, 지금쯤 후회하고 있겠지? 그냥 곱게 죽을 걸 하고 말이야. 너희 엄마가 남긴 유언장에 뭐라고 적혀있는지 아니? 장화와 홍련이 상속받을 수 없는 상황이 된다면 바로 나에게 모든 유산을 넘긴다고 되어있어. 크크크. 그러니 내가 무리를 좀 할 수밖에 없었지. 아빠는 돈이 좀 필요했거든."

그의 발소리가 점점 가까워졌다. 언니의 예상이 모두 다 맞았다. 새아빠는 우리 사이를 파고들어 교묘하게 통제한 후 한 명씩 죽여나갔다. 엄마도, 그리고 언니도.

언니는 어디로 가버린 걸까? 비록 귀신의 모습이지만 언니가 옆에 있으면 안심이 될 것 같았다.

그때 부스럭거리는 소리가 났다. 그가 비닐을 천천히 들췄다.

나는 바로 튀어 나갔다. 쇠막대 뒤에서. 이대로 1층으로 먼저 내려간다면 한쪽 발이 납작하게 된 새아빠 따위 금방 따돌릴 수 있을 것 같았다. 그 순간 그의 억센 손이 내 머리카락을 잡아당 겼다.

"아!"

나는 무릎이 꺾이면서 엉덩방아를 찧었다.

"일어나!"

그는 머리카락을 당겨 나를 강제로 일으켜 세웠다. 너무 아팠 다. 그는 분노로 번득이는 눈을 하고선 입은 웃고 있었다. 그러면 서 내 멱살을 잡고는 뻥 뚫린 네모 구멍으로 끌고 갔다.

죽는다.

이번에야말로 진짜 죽는다.

그 생각을 하자 두려움보다 분노가, 화가 치밀었다.

"우리 언니도 당신이 죽였지?"

나는 끌려가는 중에도 분노를 담아 소리쳤다.

"장화? 아니 걔가 어떻게나 건방지게 굴던지……. 뭐, 원래도 너희 둘 다 하나씩 처리할 계획이었어. 그래야 유산을 다 차지할 수 있으니까. 근데 너무 갑작스레 다들 죽어 나가거나 실종되면 의심을 살 것 같더라고. 그래서 천천히 가자 싶었는데 장화가 대 뜸 나를 협박하더라고. 모든 걸 알고 있으니 다 털어놓으라고."

나는 그 말을 들으며 다시 언니를 떠올렸다. 그가 지금 언니의 모습을 본다면 바지에 오줌을 지릴 텐데……

"그래서 이번에도 사람을 썼지. 한적한 곳으로 장화를 불러 낸 건 나지만 자동차로 치어 죽인 건 심부름센터 놈들이야. 크 크. 아마 모레쯤 교통사고를 당해 풀숲으로 떨어졌다는 뉴스가 나올 거고, 장화 시체도 발견될 거야. 물론 슬픔을 견디다 못해 짓다 만 건물에서 뛰어내려 자살한 홍련의 기사가 하루 먼저 뜨 겠지만. 크크크."

그의 말에 온몸이 부들부들 떨렸다. 무서워서가 아니라 화가 났기 때문이다.

언니는 이틀 넘게 집에 들어오지 않았다. 연락도 안 됐다. 그 제야 직감했다. 언니에게 무슨 일이 벌어졌음을.

나는 일단 도망쳐야겠다는 생각으로 집을 나섰다. 어두운 골목 길을 빠른 걸음으로 걷는데 누가 뒤에서 따라오기 시작했다. 나는 필사적으로 도망치다가 넘어지고 말았다. 그 충격이 가시기도 전 에 누군가가 내 머리를 후려쳤다. 그게 바로 어젯밤의 일이었다.

"하여간 너희 두 자매는 나를 귀찮게 한다니까. 나 사실 이런 일 별로 안 좋아하거든. 그래도 뭐……."

그는 나를 번쩍 들어 올리더니 구멍 앞에 세웠다. 바람 부는 소리가 귓가에 맴돌았다.

"하지 마!"

나는 힘껏 소리쳤다.

"더 크게 외쳐도 돼. 그래 봐야 들어줄 사람 한 명 없으니까. 크크."

그 순간 그의 표정이 딱딱하게 굳었다. 시선은 내 어깨 뒤쪽 허공에 머물러있었다. 한참 같은 표정이던 그의 얼굴이 보기 싫게 일그러졌다.

"너…… 너…… 뭐, 뭐야?"

그는 눈을 휘둥그레 뜨고 입을 쩍 벌렸다.

나는 뒤를 돌아봤다.

언니였다.

언니가 피투성이 모습 그대로 허공에 떠서 그를 노려보고 있었다. 나는 반가운 마음에 소리라도 지를 뻔했다. 언니는 나를 말리듯 다정한 눈빛으로 한 번 보더니 그에게 스윽 다가갔다.

"으악!"

그는 비명을 지르며 주저앉았다. 그러고는 엉덩이걸음으로 슬금슬금 물러나기 시작했다. 언니가 내게 속삭였다.

"홍련아, 나는 저 인간한테 물리적인 힘을 행사할 수 없어. 그러니 지금 빨리 도망쳐야 해."

"아, 알았어!"

나는 밤바람이 언제 잡아챌지 모르는 네모 구멍에서 물러나 6층 입구를 향해 내달렸다. 그때였다. 공포에 질려 아무것도 못 할 거라 생각했던 그가 훌쩍 몸을 날려 나를 덮쳤다. 그러고는 품에서 칼을 꺼내 내 목에 가져다 댔다. 서늘한 감촉에 나도 모르게 몸이 떨렸다.

"아무리 귀신이라고 해도 상황 파악은 되겠지? 크크크. 물러서지 않으면 홍련은 당장 죽는다. 장화야, 이해했니?"

"으악!"

밤하늘을 뚫고 어떤 남자의 비명 소리가 들려왔다. 전종식 경감이 차에서 내려 건물을 막 올려다보던 참이었다.

철산아파트.

이 건물은 공사가 중지된 채로 몇 년간 방치되어있던 곳이었다.

"여기군."

전종식 경감은 비명을 들은 순간 자신이 제대로 찾아왔음을 직감했다. 꿈에서 본 컨테이너 사무실 문은 활짝 열려있었다.

그는 휴대폰을 꺼내 지구대 막내인 김 순경에게 전화를 했다.

"여보세요?"

김 순경은 잠에 취한 목소리로 전화를 받았다.

"날세. 부탁이 하나 있어."

"대장님! 이 밤에 어쩐 일로…… 무슨 일 있으세요?"

"아니. 여기로 지원 좀 보내주게. 철산아파트라고 짓다 만 폐건물 있지? 거기야."

전종식 경감은 그렇게 말하고 아파트 안으로 들어갔다.

"무슨 일인데요? 거긴 왜 가셨어요?"

"최대한 빨리 보내줘. 난 마지막 사건을 해결하러 올라가야 하거든. 그러니 부탁 좀 하세."

전종식 경감은 김 순경의 대답을 듣지 않고 전화를 끊었다. 이제는 집중력이 필요했다. 그리고 체력도. 불행하게도 지금의 전종식에게는 둘 다 없는 것들이었다.

"그래. 한번 가보자."

전종식 경감은 난간을 붙잡고 천천히 계단을 오르기 시작했다.

나는 새아빠 밑에 깔린 채로 발버둥 쳤다. 내가 할 수 있는 유일한 저항이었다. 언니는 그저 슬픈 눈빛으로 나와 그를 바라볼 뿐이었다. 그러다가 순간 스르르 사라져버렸다.

"크크크. 봤지? 무서워하지 않으면 귀신 따위 아무것도 아냐. 이제 끝났어!"

그때였다. 그의 뒤에서 언니 얼굴이 불쑥 튀어나오며 소리쳤다.

"끝난 건 당신이야."

방심하고 있던 그는 화들짝 놀라며 모기라도 쫓듯 허공을 향해 칼을 휘둘렀다.

"저리 가! 저리 가라고!"

언니는 그의 주위를 계속 맴돌았다.

언니…….

귀신이 되어서까지 나를 구하려고 나타난 언니를 생각하자 눈물이 차올랐다. 얼마나 무섭고 고통스러웠을지 상상도 가지 않았다.

이제는 내가 언니를 편하게 해줄 순간이다.

"좋아! 홍련부터 죽이고……."

그가 번들거리는 눈으로 언니를 좇던 찰나 나는 온 힘을 다해 그의 급소를 걷어찼다.

"억!"

그는 비명조차 제대로 지르지 못하고 데굴데굴 구르며 고통스러워했다.

그 순간 나는 벌떡 일어나 계단을 향해 달렸다. 오직 앞만 바라봤다. 그게 실수였다. 어디서 굴러온 건지 쇠파이프 하나가 바닥에 놓여있었고 난 그걸 밟고 미끄러지고 말았다. 무릎을 찧었고 통증이 몸을 흔들었다. 그것보다 더 최악인 건 어느새 날 따라잡은 새아빠가 칼을 휘두르며 나에게 달려들었다는 사실이다.

나는 주저앉은 채로 뒤로 물러날 수밖에 없었다. 그는 씩씩거리며 나에게 다가왔다.

그 순간 언니가 내 앞을 가로막았다.

"비켜!"

그가 말했다.

언니는 고개를 저었다. 무시무시한 몰골로.

"넌 나에게 아무 짓도 못 해. 크크크."

그 말과 동시에 그는 언니를 통과해 바로 몸을 날렸다. 날카로운 칼날이 나를 노리고 있었다. 나는 눈을 질끈 감았다.

이번에야말로 죽는다!

죽는 건 무섭지 않았지만 새아빠, 아니 허종팔 같은 쓰레기에게 제대로 복수도 못 해보고 처참하게 살해당하는 게 화가 났다. 아마 언니도 같은 마음이었겠지. 그래서 나를 구하려고 이렇게 필사적이겠지. 그 생각을 하자 정말로 눈물이 흘러내렸다.

"크크. 죽어라!"

그의 목소리가 날아들었다.

나는 마음을 비웠다.

푹, 소리와 함께 칼이 내 목에 박힐 거고, 그 뒤에는…….

그러나 아무런 일도 일어나지 않았다. 나는 실눈을 뜨고 상황을 살폈다. 칼은 내 머리 바로 위에서 멈춰있었다. 그는 놀란 표정으로 계단 쪽을 보고 있었다. 나도 간신히 고개를 돌려 그곳으로 시선을 던졌다.

나이 많은 아저씨 한 명이 숨을 헐떡이며 서 있었다.

"넌 뭐야?"

그가 물었다.

"경찰이다. 그거 내려놔."

"뭐?"

적잖이 놀랐는지 그가 움찔했다. 나는 그 틈을 타 벌떡 일어나서는 갑자기 나타난 남자 옆에 딱 붙어섰다.

"경찰? 당신이? 도대체 뭔 일이야?"

그는 새된 목소리로 외쳤다.

"지금 지원이 오고 있다. 그러니 쓸데없는 저항하지 말고 그 거 내려놓고 무릎 꿇어."

전종식 경감은 숨을 거칠게 몰아쉬면서도 똑똑히 말했다.

경찰 아저씨의 옆얼굴을 본 순간 기억이 떠올랐다. 언니가 경 찰을 불렀을 때 자신을 지구대대장이라 소개했던 바로 그 경찰 아저씨였다.

당황해하던 그의 얼굴에 다시 미소가 번졌다.

"지원? 그렇다면 지금은 그쪽 혼자라는 소리네?"

"다시 한번 경고한다. 움직이지 말고……."

그는 망설이지 않고 성큼성큼 다가왔다. 그야말로 괴물 같은 모습이었다. 나는 너무 무서워 몸이 굳어버렸다. 그때 경찰 아저 씨가 나를 등 뒤로 숨기며 말했다.

"어서 도망가거라."

"누구 맘대로!"

그가 칼을 치켜들었다. 그 순간 전종식 경감이 품 안에서 총을 꺼냈다. 그는 몇 초간 움찔했다가 다시 달려들었다.

"그거 가짜 총이잖아!"

"실탄은 없지만……."

전종식 경감은 그의 얼굴을 향해 총을 발사했다.

치이익!

전혀 예상하지 못했던 소리가 들리더니 흰색 가스가 뿜어져 나왔다. 말로만 듣던 가스총이었다.

"으악!"

그는 비명을 지르며 괴로워했다.

"빨리 나가자."

경찰 아저씨가 내게 말했다. 때마침 멀리서 사이렌 소리가 들렸다. 나는 계단을 향해 달리려다가 뒤를 돌아봤다.

언니가 서 있었다.

환하게 웃으며.

나는 언니를 향해 손을 흔들었다. 언니도 마주 흔들어주었다. 어떻게 된 일인지는 모르지만 경찰 아저씨를 부른 것도 언니일 거라고 짐작했다. 언니는 꼭 해내고야 마는 사람이니까. 그리고…… 나를 지켜주겠다고 약속했으니까.

작가의 말

《장화홍련전》은 귀신이 등장하는 섬뜩한 소설인 동시에 두 자매의 슬픈 사연이 깃든 이야기입니다. 친엄마가 돌아가신 후 슬픔을 달래기도 전에 나타난 계모 허씨가 장화 홍련 두 자매를 괴롭히기 시작한 것은 그들이 10대 무렵이었고, 장화를 살해한 것은 그녀가 혼인을 할 즈음이었으니 장화와 홍련은 아주 오랜 시간 고통 속에서 살았을 것입니다.

《장화홍련전》을 모티브로 한 이 작품을 쓰기 위해 제가 주목한 것은 원작 속에 깃든 '가정 폭력'이었습니다. 계모인 허씨는 온갖 방법을 동원해 장화와 홍련을 괴롭혔습니다. 직접적인 폭력을 행사하는 것뿐만 아니라 정서적으로도 학대를 일삼았습니다. 애초에 재산을 노리고 장화와 홍련의 아버지와 결혼한 허씨는 두 딸을 걸림돌로 여겼습니다. 자신의 욕망을 채우는 데 방해가 되는 요소로 생각한 것이죠.

저는 《장화홍련전》을 읽으면서 최근 연이어 보도된 여러 가정 폭력 사건과 아동 학대 사건을 떠올리지 않을 수 없었습니다. 저역시 한 아이의 아버지이기에 가정이라는, 어쩌면 가장 안전해야 하는 공간에서 아이들이 다치고 학대받고 심지어 목숨을 잃기도 하는 무서운 현실 앞에 경악하고 분노했습니다.

고전을 새롭게 해석하는 프로젝트에 참여하게 된 저는 주저 없이 《장화홍련전》을 떠올렸습니다. 원전의 주제가 되는 자매애보다는 그 안에 깃든 가정 폭력의 어두운 면을 드러내고 싶었습니다.

결국 《두 자매》는 한 가정에서 가정 폭력이 일어났을 때 어떤 파국을 맞이하는지에 관한 이야기로 풀어냈습니다. 물론 원작인 《장화홍련전》과 유사한 구석이 곳곳에 들어가 있기는 하지만 피도 눈물도 없는 잔혹한 의붓아빠 캐릭터를 더하면서 이야기의 긴장감을 극대화하려 했습니다.

더불어 약하디약한 조력자 캐릭터를 통해 평범한 누군가 혹은 공권력이 조금만 관심을 가진다면 끔찍한 가정 폭력 또한 사전에 막을 수 있지 않을까 하는 희망의 메시지도 담았습니다.

여전히 학대와 가정 폭력이 사회적 이슈가 되는 요즘 《두 자매》 이야기가 경각심을 불러일으킬 수 있다면 더할 나위 없이 좋겠습니다.